KB122981

공부가 쉬워지는

청소년
문해력
특강

일러두기

* 이 책에 나오는 단어들의 띄어쓰기는 국립국어원 표준국어대사전에 등재되어 있는 방식을 따랐다.

중학 교과서에서 뽑은 필수 어휘와 개념어 학습 비법

공부가 쉬워지는

청소년 문해력 특강

김송은 지음

더숲

모든 과목의 성적은 문해력이 결정한다

우리는 한국어 천재일까요?

우리가 사는 이 세상에는 언어가 6,000여 개 있다고 합니다. 한국어는 그중에서도 가장 배우기 까다로운 언어로 손꼽힌다고 해요. 여러분은 가장 자신 있는 언어가 무엇인가요? 저는 그 어렵다는 한국어에 제일 능숙합니다. 한국어 회화 학원을 다녀 본 적도 없는데 한국어로는 얼마든지 자유롭게 대화할 수 있지요. 저는 혹시 언어 감각을 타고난 천재일까요?

저뿐만 아니라 이 땅에서 태어나 교육받은 사람이라면 대부분 한국어를 말하고 듣는 데 익숙할 것입니다. 당연한 이야기지만 그건 우리의 모국어가 한국어이기 때문입니다. 우리는 아기 때 말을 배우기 시작하여 말과 더불어 성장했습니다. 특별한 사정이 없다면 우리말로 의사소통하는 것이 어려운 사람은 많지 않을 거예요.

그런데 여기서 잠깐 생각해 볼 문제가 있습니다. 한국어에는 자신 있다고 큰소리치는 우리, 말로 하는 한국어 말고 글로 적힌 한국어는 어떤가요? 거리낌 없이 말이 터져 나오듯 한국어로 적힌 글을 읽고 쓰는 것도 마냥 쉽고 편한가요? 아마 그렇지 않은 사람이 더 많을 것입니다. 말은 쉬워도 글은 말처럼 쉽지 않기 때문인데, 도대체 이유가 무엇일까요?

언어에는 '입말'과 '글말'이 있기 때문입니다

글을 읽는 데는 말을 하는 것과 다르게 지속적인 배움과 훈련이 필요합니다. 우리는 어릴 때부터 글을 익히기 위한 학습 단계를 밟아 왔어요. 'ㄱ, ㄴ, ㄷ'과 '가, 나, 다'를 거치고, 쉬운 단어와 짧은 문장을 접하며 조금씩 글 읽기와 친해졌지요. 학년이 올라가면서 어려운 어휘와 긴 문장을 공부했고 받아쓰기, 글짓기, 백일장, 독후감 등과 같은 다양한 종류의 글쓰기도 연습했습니다. 학교 교육은 이처럼 더 수준 높은 '글말'에 익숙해지도록 우리를 이끌어 가는 과정입니다. 읽기에 서툰 학생에게 복합적인 정보를 전달하기는 매우 어렵지요. 세상에 넘쳐나는 지식과 진리도 제대로 읽고 이해할 수 없다면 그림의 떡입니다.

머리로는 독서가 중요하다는 것을 알지만 도무지 몸이 따라 주지 않을 때도 많을 거예요. 책을 펴자마자 절로 딴생각이 나는 것이죠. 내 허락도 없이 집중력은 이미 안드로메다로 달아나 버리고, 뚫어져라 종이를 보지만 사실 아무것도 읽지는 않지요. 할 수만 있다면 정신줄을 붙잡아서 책 속에 단단히 묶어 놓고 싶습니다. 제멋대로 도망가 버리는 집중력을 다독이며 글 읽기를 실천하려면 어떻게 해야 할까요?

흥미로운 책부터 시작하세요

이 세상의 책에는 두 종류가 있습니다. 내가 읽을 수 있는 책과 아직 읽을 수 없는 책. 책을 펴자마자 딴생각이 나고 졸음이 쏟아지는 것은 그 책이 내게 너무 어렵거나 심각하게 지루하기 때문입니다.

짧고, 쉽고, 재미있는 책을 골라 먼저 책과 친해지는 일부터 도전하세요. 유명한 책, 남들은 다 읽었지만 나에게는 아직 어려운 책, 읽고 싶지만 모르는 단어가 많은 책……. 이런 책들은 일단 책꽂이에 대기시켜 놓아야 합니다. 아직 만날 단계가 아니니까요. 어휘와 문장과 콘텐츠의 난이도가 내 현재 독서 능력을 훨씬 웃도는 책은 오히려 글 읽기 의욕을 꺾지요. 읽기에는 어렵지 않지만 재미가 하나도 없는 책도 마찬가지예요. 필독서를 읽다가 독서가 완전히 싫어진 학생들도 많이 보았지요. 고기도 먹어 본 사람이 맛을 안다고 독서를 즐기려면 일단 독서의 맛을 느껴야 해요.

인생의 터닝 포인트, 한 권의 책

사람들이 잘 모르는 한 가지 비밀이 있습니다. 인생의 중대한 변화는 아주 사소한 계기에서 비롯될 때가 많다는 것이죠. 작은 우연이 결정적 사건으로 발전하기도 합니다. 책과 만나는 일이 그렇습니다. 좋은 책은 좋은 친구처럼 작은 행운으로 만나 평생 재산이 되지요.

지금까지 책 읽는 것이 지루하고 힘들었던 학생도 '내 인생의 책'

과 만난다면 전혀 다른 경험을 할 수 있습니다. 마지막 페이지를 넘길 때까지 꼼짝할 수 없게 나를 압도하는 그런 책. 시간이 멈추고 공간을 이동하여 온전히 다른 세계로 빨려 들어가는 충격적인 경험. 지금까지 만나 본 적 없는 새로운 우주의 문이 열립니다.

그 문이 열리는 순간 독서는 이제 의무나 숙제가 아닙니다. 그 안에서 나는 책 읽기의 즐거움을 아는 사람으로 다시 태어나죠. 제 운명의 책은《데미안》이었어요. 중학교 1학년, 외갓집 낡은 책장에서 우연히 그 책을 집어 든 그날 이후 아직도 낯선 책과 만나면 일단 가슴이 두근거립니다. 굳이 명작이 아니어도 좋아요. 사람마다 인생의 책은 다르니까요.

그렇다면 내 인생을 바꿀 운명의 책은 어떻게 찾을 수 있을까요? 당연한 말이지만, 그것은 책을 읽어야 가능한 일입니다. 황금을 얻으려면 땅을 파야 하고, 산삼을 캐려면 온 산을 뒤져야지요. 지금까지 읽은 책이 거의 없다면 일단 책을 읽는 연습부터 하는 것이 순서입니다.

가장 확실한 방법은 '일단 읽는 것'입니다

짧은 글이라도 규칙적으로 읽어 보세요. 조금씩이라도 자주 글과 접하는 것이죠. 말은 간단해도 실천하기는 쉬운 일이 아닙니다. 하지만 읽지 않고 읽기 능력을 키울 방법은 존재하지 않습니다. 게임 레벨을 올리고 싶다면 게임을 해야 하는 이치와 같아요.

'쪼렙'이 고수가 되려면 시간과 노력의 투자는 필수겠지요. 지금부터 머릿속으로 가장 사랑하는 게임을 떠올려 보세요. 그 게임에 능숙해질 때까지 시도했던 모든 일……. 정보를 검색하고, 친구에게 노하우를 묻고, 유튜브로 동영상을 찾아보고, 매일 몇 시간씩 영혼을 갈아 넣으며 실전 감각과 손가락의 순발력을 단련했던 그 시간. 숱한 불면의 밤을 지새우고, 마침내 초보일 때는 겪어 보지 못한 극단의 성취감과 희열이 밀물처럼 밀려들던 가슴 벅찬 순간.

앞으로 '독서'라는 게임에 딱 그만큼 정성을 바쳐 보기로 해요. 출발은 지루할지 몰라도 최후의 보람은 그 어떤 것보다 가치 있고 막강할 것이라 장담합니다.

독서도 단련되면 피아노처럼 점차 능숙해집니다. 처음에는 쉬운 것도 어렵지만, 나중에는 어려운 것도 쉬워져요. '도레도레도레도레도'로 시작하는 바이엘 단계일 때는 동시에 손가락 두 개를 누르는 것도 힘들지만, 실력이 붙으면 열 손가락이 제각기 건반을 날아다니죠. 심지어 오선지 이면에 담긴 작곡가 마음까지 연주에 녹여 낼 수 있어요.

독서도 그렇습니다. 작은 글씨로 꽉 찬 책은 시작부터 초짜들의 기를 죽이죠. 하지만 능숙해지면 점차 못 읽는 책들이 줄어들고, 나중에는 오로지 책으로밖에 만날 수 없는 경이로운 세상에 도달하게 될 거예요. 쇼팽의 곡이 자아내는 감흥을 어찌 바이엘 연습곡에 비교할 수 있겠어요.

책만 펴면 나도 모르게 달아나던 그 정신줄. 그것이 단단하게 책과 연결되는 순간, 비로소 그 끈을 타고 글쓴이의 생각과 마음이 내게로 다가올 것입니다. 내 생각과 마음도 그 줄을 따라 책 속으로 스며들지요. 책을 매개로 벌어지는 이 쌍방향 커뮤니케이션을 우리는 독서라고 합니다.

　우리가 유능한 독자가 되어야 하는 이유가 이것입니다. 우주는 넓고 인간은 오묘합니다. 그리고 그 둘이 충돌하는 현장을 가장 섬세하게 담아내는 도구로는 문자가 으뜸이지요. 글에 담긴 새로운 세상으로 뛰어 들어갈 수 있는 그 힘이 바로 문해력입니다.

차례

원인을 파악하고,
공부법을 바꾸고, 장기 기억으로 새기세요

1. 그말이 왜 어려운지 파악하세요

이 책은 과목별로 지식의 범주를 나누고 그 범주에 속한 개념어를 익히는 공부법을 제시했습니다. 예를 들어 어떤 말이 '현상'을 설명하는 개념어인지, '제도'를 서술하는 개념어인지, 특정한 '명칭'에 해당하는 개념어인지에 따라 공부법이 달라집니다. 따라서 새로운 개념어를 만나면 먼저 그것이 어떤 범주에 해당하는지 생각해 보세요.

특별히 취약한 과목이 있다면 뭉뚱그려서 '난 그 과목이 정말 싫어'라고 선 긋지 말고, 세부 범주를 보면서 가장 어려운 부분이 어디인지 판단하세요. 시대 흐름 잡기가 어려운지, 제도가 복잡해서 헷갈리는지, 사람이나 유물의 이름이 안 외워져서 힘든지 등 이유를 구체적으로 찾아보세요. 그렇게 원인 파악 후 거기에 해당하는 개념어를 익히는 공부법에 주력하면 학습이 수월해집니다.

2. 무조건 외우지 말고 한 글자씩 해석해 보세요

한 단어의 정의를 익히려면 제일 먼저 명칭의 의미를 이해해야 합니다. 반드시 글자 하나하나를 짚어 가며 해석해 보아야 해요. 지식을 담고 있는 이런 어휘들은 소리와 뜻 사이에 아무 의미 없이 연결되는 법은 없어요. 영희나 철수, 풀이나 나무처럼 소리를 그냥 외워서는 안 된다는 말입니다. 개념어들은 한자어로 되어 있는 경우가 많아서 한자의 뜻을 한 글자씩 이해하는 것이 매우 중요합니다.

예를 들어 역사책에 등장하는 수조권, 양전 사업, 전시과 등의 단어는 한자의 뜻만 알면 단박에 이해되지만, 한자를 모르면 의미를 떠올릴 수가 없어요. 무슨 말인지 모를 때마다 통으로 외워 버리는 학생들이 많은데, 그렇게 암기한 지식은 절대 오래가지 못합니다. 다른 과목도 사정은 같아요. 본문을 읽으면서 단어 하나하나의 정의를 익히는 것도 중요하지만, 단어를 해석하는 방법을 익히는 것이 더 중요합니다.

3. 연습 문제로 복습해 머릿속에 깊이 저장하세요

단원 마무리에는 앞에서 배운 어휘나 개념어를 복습하는 문제가 있습니다. 공부한 내용을 스스로 점검해 보고, 만약 기억나지 않는 부분이 있다면 다시 앞으로 돌아가 그 단어를 형광펜으로 표시해 보세요. 그러고 나서 이번에는 형광펜으로 표시한 부분만 골라 다시 읽는 것입니다. 표시한 부분을 다시 읽으면, 그 지식은 오히려 단번에 기억한 단어보다 더 단단하게 오래도록 머릿속에 남을 것입니다.

1부

공부의 가장 큰 무기, 문해력

1장 문해력의 마태 효과를 아시나요?

기독교 신약 성서 〈마태복음〉에 이런 말이 있어요.

"있는 자는 더욱 받아 풍족하게 되고, 없는 자는 있는 것까지도 빼앗기리라."

미국의 유명한 사회학자 로버트 킹 머튼(Robert King Merton)은 자신의 책에서 이 구절을 언급하며 '빈익빈 부익부' 현상을 설명했지요. 빈익빈 부익부는 잘 알다시피 부자는 점점 더 부유해지고, 가난한 사람은 갈수록 가난해지는 현상이에요. 승자 독식이라고도 하며, 로버트 킹 머튼의 정의에 따라 사회학적 용어로는 '마태 효과'라고도 합니다.

마태 효과는 우리 사회 곳곳에 적용되는 경제 원칙이에요. 선진국은 점점 더 잘살고, 후진국은 갈수록 빈곤의 늪에 허덕이는 것이 마태 효과의 대표적 사례이지요. 나라 간 격차뿐만 아니라 대기업과 중소기업, 부유층과 빈곤층 사이에서도 이러한 현상은 쉽게 찾아볼 수 있어요. 이유는 간단합니다. 부자들은 성공에 필요한 조건을 얼마든지 돈으로 살 수 있기에 가난한 자보다 성공할 확률이 높아지는 것이죠. 반면 가난한 사람은 성공해서 가난을 벗어 버리고 싶어도 그럴 만한 경제력이 없어요. 고생을 거듭해도 환경이 열악하기에 문제는 좀처럼 해결되지 않습니다.

읽을수록 재밌네~

공부에도 이 마태 효과가 적용되는 곳이 있어요. 바로 '문해력'입니다. 문해력의 빈익빈 부익부는 주위에서 흔하게 볼 수 있어요. 문해력 부자들은 글 읽기가 어렵지 않으니 날이 갈수록 읽은 책이 적금처럼 쌓입니다. 독서량과 비례해서 지식이 늘어나기에 공부하는 것도 그렇게 힘들지 않지요. 공부에 재미가 붙으면서 점점 어려운 글 읽기에 익숙해지고, 그에 따라 독서 수준도 올라가 또다시 문해력이 한 단계 도약합니다. 선순환이 시작되는 것이지요.

반대로 문해력이 부족한 사람은 기본적으로 책 읽는 것 자체를 좋아하지 않아요. 유튜브나 웹툰처럼 재미있고 편리한 것들이 널렸는데 굳이 불친절한 글자와 씨름하고 싶지 않은 것이죠. 설령 독서의 필요성을 깨닫는 순간이 온다 해도 이제는 생각만큼 책 읽기가 쉽지 않습니다. 오래도록 독서를 멀리한 탓에 어휘력도 형편없고 독해력도 부족하죠. 어려

도대체 무슨 말이지?

우니 읽기 싫고, 읽지 않으니 더 책이 싫어지는 안타까운 현실. 바로 악순환입니다. 모든 교과서도 책 한 권이라는 것을 생각하면 학교 공부도 갈수록 따라가기 버겁겠지요.

결국 문제의 출발점은 문해력입니다. 독서의 빈익빈 부익부를 좌우하는 결정적인 기초 자본. 그렇다면 과연 내 문해력 통장에는 잔고가 얼마나 있을까요?

나의 문해력 지수는?

문항	체크
1. 남들은 다 아는 단어의 뜻을 혼자 몰라 당황한 적이 있다.	
2. 내 학년의 교과서인데 읽어도 무슨 말인지 모를 때가 많다.	
3. 어릴 때부터 지금까지 가장 많이 읽은 책은 학습 만화다.	
4. 한자는 거의 알지 못한다.	
5. 글을 다 읽었는데도 무엇에 대하여 쓴 글인지 잘 모를 때가 있다.	
6. 그림 없이 줄글로 적힌 두꺼운 책은 읽을 엄두가 나지 않는다.	
7. 한자리에 앉아 30분 이상 집중해서 책을 읽을 수 없다.	
8. 소설을 읽을 때 주인공이 느끼는 감정에 공감하기가 어렵다.	
9. 시험 볼 때 문제 자체가 이해 안 되어 틀린 적이 있다.	
10. 책을 읽다가 집중이 안 되면 바로 읽기를 포기한다.	

체크한 개수	문해력 상태
1~2	문해력 계좌에 잔고가 든든합니다. 오랜 시간 독서를 실천하여 책 읽기 능력도 탁월한 상태예요!
3~6	독서를 실천하려 시도를 많이 했지만, 꾸준함이 지속되지는 않았군요. 빨리 잔고를 충전하지 않으면 학년이 올라갔을 때 악순환의 궤도에 진입할 위험이 있습니다.
7~10	아직 늦지 않았어요. 기초부터 시작하더라도 하루 빨리 독서 계획을 세워야 합니다!

　문해력은 그저 높은 성적을 받고 좋은 대학에 진학하는 데 필요한 것만은 아닙니다. 몇 년만 꾹 참으면 졸업과 동시에 공부도 끝날 거라고 헛꿈을 꾸는 사람이 있다면, 빨리 그 꿈에서 깨는 것이 좋을 거예요. 인간은 살아가면서 끊임없이 배워야 합니다. 사람과 세상의 만남은 늘 학습을 요구하고, 대다수 지식은 글이라는 도구를 거쳐 우리에게 옵니다. 피할 수 없다면 준비하는 것만이 유일한 대안이지요. 문해력이 풍부한 사람은 어차피 가야 할 그 길을 편하게 즐기며 여행할 수 있습니다.

2장 글의 종류에 따라 다른 역량이 필요합니다

문해력은 도대체 무엇일까요? 말 그대로 글(文)을 해석(解)하는 능력입니다. 글자가 아니라 글을 읽고 내용을 파악하는 능력이지요. 글자를 아는 것과 글을 읽는 것이 달라서 필요한 역량입니다. 까막눈이 아닌데 한국어로 적힌 글을 읽을 수 없는 신비한 현상도, 말은 청산유수인 사람이 정작 쉬운 글도 해독하지 못하는 이유도 원인은 하나입니다. 말과 글이 다르기 때문이지요. 따라서 읽기 능력을 키우려면 올바른 방법으로 훈련해야만 합니다.

하지만 '취미가 독서'라고 말하는 사람도 모든 책을 능숙하게 읽는 것은 아니에요. 사람마다 좋아하는 책이 있고 읽기 어려운 책도 있습니다. 개인의 취향과 적립된 지식이 달라서 그렇습니다. 한편으로는 글 종류에 따라 올바른 독해법이 있는데, 그것에 미숙해서 그럴 수도 있어요. 똑같은 말이지만 연설과 수다와 토론과 낭송이 다르듯이 글도 성격에 따라 유념해야 할 포인트도 각각이고 필요한 역량도 조금씩 다르거든요.

논설문을 읽을 때는 사고력이 필요합니다.

논설문은 주장하는 글입니다. 논설문을 읽을 때는 글쓴이의 목소리가 귀에 들려야 해요. '이 연사, 소리 높여 외칩니다!'라고, 필자가 힘주어 강조하는 의견이 무엇인지, 그것을 파악하는 것이 논설문의 가장 중요한 독해법이에요. 무턱대고 우기기만 한다면 설득력이 떨어지겠지요. 자기주장에 독자가 고개를 끄덕이며 찬성하도록 적당한 근거가 제시되어야죠.

따라서 논설문을 읽을 때는 글쓴이의 핵심 주장이 무엇인지, 주장의 근거는 무엇인지 그리고 주장과 근거 사이에 합당한 논리성이 있는지를 매의 눈으로 판별할 수 있는 사고력이 필요해요. 그저 글을 분석하는 것에서 더 나아가 저자의 주장이 내 생각과 같은지 다른지 생각해 보고, 만약 내 의견이 다르다면 그 이유는 무엇인지도 정리할 수 있다면 금상첨화입니다.

나만의 논리와 생각을 만들어 가는 이 같은 훈련은 매우 중요합니다. 앞으로 나는 어떤 삶을 살아갈까? 잠깐만 눈을 감고 생각해 보세요. 진로는 각자 다르겠지만, 한 살 한 살 나이를 먹어 감에 따라 더 어려운 공부를 하고, 어울리는 일을 찾고, 수없이 도전과 성취를 거듭하는 것은 같겠지요. 그 모든 시간에 세상은 여러분에게 끝없이 물을 것입니다. 당신 생각은 무엇입니까?

의외로 이러한 질문에 대답할 수 있는 사람은 그리 많지 않습니다. 자기 고유의 견해가 있는 사람이 드물기 때문이지요. '의견'은 고민이 없는 사람에게서는 탄생하지 않습니다. 어떤 사안에 대하여 합당한 논리를 전개할 줄 아는 사람만이 '생각'을 지닐 수 있어요.

그런데 내 의견과 논리를 세우는 능력이 어느 날 갑자기 허공에서 뚝 떨어지는 것은 아니지요. 생각을 전개하는 힘도 연습과 훈련으로 조금씩 자라납니다. 논설문을 읽는 것은 사고력을 단련하는 좋은 기회입니다. 무엇을 물어도 자기 생각을 말하지 못하는 흐릿한 사람에게 세상은 중요한 일을 맡기지 않습니다.

굳이 딱딱한 사설이 아니어도, 글쓴이 주장이 드러난 글은 주변에서 쉽게 만날 수 있어요. 포털에서 그날의 주요 뉴스를 찾아 규칙적으로 읽는 것만으로도 충분하지요. 기사는 다루는 이슈에 따라 정보만 전달하는 글도 있고 기자의 의견이 표출되는 글도 있습니다. 국민의 관심이 집중된 주요 의제에는 상반된 주장을 내세우는 글들이 연일 쏟아져 나오기도 하지요. 하지만 강 건너 불구경하듯 아무래도 상관없다는 태도로 글을 읽는 것은 사고력 향상에 도움이 되지 않습니다.

글쓴이의 주장과 내 생각을 비교해 보고 '나의 의견'을 만드는 훈련을 해 보세요. 기사가 올바른 언론의 자질과 품격을 갖추었는지 글의 수준도 평가하면서 능동적인 독서를 실천하는 것이지요. 문해력 상승은 기본이고 덤으로 시사에도 밝아질 것입니다.

문학을 읽을 때는 상상력이 필요합니다

문학은 예술 장르입니다. 예술 작품이 독자에게 전하는 것은 정보가 아니라 감동이에요. 감동이란 그저 가슴이 뭉클하고 눈물이 핑 도는 슬픔이나 기쁨만 의미하는 것은 아닙니다. 사람마다 삶의 경험이 다르듯이, 한 작품이 독자에게 주는 울림도 독자 수만큼 천차만별입니다. 독자 백 명에게 백 가지 인생이 있듯이 같은 작품을 읽고도 백 가지 다른 감정이 솟아날 수 있지요.

이처럼 독자의 기억이 작품과 만나 각자의 내면에서 탄생한 그 정서적 파동을 감동이라고 합니다. 이 세상에 태어나 한 번밖에 살 수 없는 인생이지만 문학이 있기에 우리는 타인의 내밀하고 굴곡진 삶을 대리 체험할 수 있습니다.

이때 필요한 것은 상상력입니다. 눈은 검은 글자를 따라가지만 머릿속에서는 시공을 초월하여 완전히 다른 세계가 재현되는 것이지요. 글자는 동영상처럼 모든 것을 보여 주지 않기에 상상력은 더 큰 힘을 발휘합니다. 어느덧 내 생각과 마음은 등장인물과 하나가 되고, 그들의 감정에 따라 울고, 웃고, 분노하고, 기뻐하지요. 감수성과 공감 능력이 빛을 발합니다.

한편 문학은 문자를 사용하는 가장 대표적 언어 예술 장르입니다. 따라서 문학 작품을 읽을 때는 내용뿐만 아니라, 글을 다루는 방식 자체에도 주목해야 해요. 좋은 문장의 절묘함, 어휘 하나에 담긴 복합적 뉘앙스, 작품의 얼개를 이루는 미적 장치 등과 같은 언어의 아름다움을 누리려면 말에 대한 심미안도 필요하지요.

설명문을 읽을 때는 이해력과 배경지식이 필요합니다

설명문은 어떤 것을 소개하는 글이에요. 글만 읽고도 낯선 지식을 소화할 수 있는 이해력이 요구됩니다. 글로 생소한 개념을 학습하는 일은 어떻게 가능할까요? 비밀은 내가 보유한 상식에 있습니다. 새로운 지식이 접수되면, 그것은 먼저 내 머릿속에 저장된 연관 지식을 호출합니다. 음식을 먹자마자 소화효소가 분비되는 것과 비슷해요. 모르는 개념을 수용하려고 이미 알고 있는 데이터가 총동원되는 것이지요.

'적조'는 물속의 유기 양분이 너무 많아진 탓에 그것을 먹고사는 붉은색 플랑크톤이 과도하게 번식하여 물이 붉게 변하는 현상입니다. 이 현상을 이해하려면 우리 뇌는 '붉을 적(赤)', '바닷물 조(潮)'라는 한자와 유기 양분, 플랑크톤 개념을 끌어와야 합니다.

만약 이러한 기초 지식이 없거나 부족하다면 어떻게 될까요? 설명을 아무리 열심히 읽어도 내용을 이해하기는 불가능할 것입니다. 갓 한글을 깨친 유치원생이 글자를 읽을 줄 안다고 적조라는 개념을 이해할 수는 없겠지요. 이처럼 배경지식이 풍부할수록 설명문을 읽는 능력은 향상됩니다. 아는 것이 많은 사람이 뭐든 쉽게 배우는 이유도 그가 남들보다 지능이 우수해서라기보다는 상식의 계좌가 든든하기 때문입니다.

그렇다면 지식을 풍요롭게 해 줄 그 글들을 우리는 어디에서 만날 수 있을까요? 서점이나 도서관에서 각자 관심사에 맞는 책을 찾을 수도 있습니다. 그러나 우리 곁에는 이 복잡한 세상의 광대한 지식을 지속적으로 전해 주는 책이 있습니다.

지식의 보물 창고, 교과서가 그것입니다.

3장 개념어를 알면 교과서가 술술 읽힙니다

평소 책 읽기를 좋아하는 학생들도 교과서에 대해서는 태도가 달라져요. '교과서는 책이 아니다. 교과서는 자습서, 문제집으로 이어지는 참고서의 일종이다.' 이런 생각으로 교과서를 마주하는 것이죠. 이러한 선입견으로 교과서를 바라보면 당연히 호기심보다는 거부감과 부담감이 앞서겠지요.

　모든 교과서는 거대한 백과사전과 같아서 그 속에는 정복해야 할 낯선 용어들이 끝도 없이 나옵니다. 아무리 쉬운 개념이라도 처음 배울 때는 생소한 내용이라 일단 머리에 긴장감이 생겨납니다. 먼저 집중해서 읽어 보아야지요. 이때 이 새로운 개념이 내 것으로 받아들여질 수 있는지 아닌지를 결정하는 것은 내 안에 저장된 배경지식입니다. 덩어리가 큰 지식을 소화하기 쉽도록 잘게 쪼개고 싶어도 그동안 쌓아 둔 배경지식이 허술하면 불가능한 일이지요. 중학교 때 공부를 소홀히 한 학생이 고등학생이 되어 고생하는 것도 이런 이유 때문이에요. 반대로 보유한 상식의 스펙트럼이 넓다면 결과는 달라지지요. 이미 튼튼하게 뿌리내린 지식의 큰 나무에 가지 하나를 뻗는 일이 될 테니까요.

다음 기사를 읽어 볼까요?

> 톱 아이돌 그룹 방탄소년단(BTS: RM, 진, 지민, 제이홉, 슈가, 뷔, 정국) 멤버 RM이 9주 연속 빌보드 핫100 차트 1위를 차지한 소감을 밝히며 아미에 대한 그리움을 내비쳤다. 앞서 방탄소년단은 히트곡 'Butter'로 2021년 7월 31일 자 빌보드 핫100 차트 1위를 차지했다. 이와 관련해 빌보드에서 'Butter'는 지난 22일까지 미국 현지에서 스트리밍 수 880만 건과 다운로드 수 11만 5,600건, 라디오 방송 청취자 수 3,070만을 기록했다. 방탄소년단은 이번 1위로 통산 빌보드 핫100 차트 9주 연속 1위 및 통산 14번째 1위를 달성했다.
>
> — 스타뉴스, 2021년 7월 27일

이 글은 쉬운가요, 어려운가요? 만약 'BTS, 빌보드, 핫100, Butter, 아미, 스트리밍' 같은 단어의 의미를 전혀 모르고, 'RM, 진, 지민, 제이홉, 슈가, 뷔, 정국'이 무엇인지도 모르는 사람이 있다면, 그는 이 글을 이해할 수 있을까요? 아무리 반복해서 읽어도 기사의 핵심은 커녕 글의 사소한 정보도 파악하기 어려울 것입니다. 글자는 보지만 내용은 알 수 없는 공회전 같은 독서가 되겠지요.

하지만 BTS 팬이라면 사정은 달라집니다. 한 번만 읽어도 단박에 무슨 말인지 알 수 있겠지요. 평소 문해력이 부족했던 학생도 문제가 되지 않을걸요? 이해뿐이겠어요? 기사를 읽으며 행간에 숨어 있는 기자의 은근한 자긍심까지 눈치챌 수 있을 것입니다. 배경지식이 독서에서 발휘하는 힘은 이처럼 강력합니다. 글 읽는 속도도, 내용에 대한 보존성도 쌓아 놓은 상식에 크게 좌우되지요.

공부가 쉬워진다는 것은 간단히 말해 새로운 내용을 쉽게 이해하고 오래 기억하는 것입니다. 이것은 기반 지식이 풍부하고 효과적인 독서법을 아는 학생에게는 어렵지 않은 일입니다. 아마 '공부가 제일 쉬웠다'고 말하는 공부 천재들은 이러한 글 읽기의 이치를 깨우친 사람들일 거예요.

각 과목에서 중요하게 다루는 개념어가 무엇인지 알고, 그 개념어를 다루는 과목별 접근법을 파악한다면 공부의 무게가 조금은 가벼워질 것입니다. 결국 우리를 힘들게 하는 '공부'라는 것도 그 정의를 좁혀 보면 교과서 글을 제대로 이해하는 독서에서 출발하니까요.

교과서에서는 학생들이 이번 학년에 익혀야 할 새로운 개념들을 소개하고 설명합니다. 앞서 축적한 지식들은 더 심화된 개념을 쉽게 받아들이고 한 단계 발전하도록 돕는 디딤돌이 되지요. 한자어로 된 고난도 어휘들, 지난 학년에 배운 과목별 핵심 개념들이 그것입니다.

초·중·고 학생들이 익혀야 할 학년별 필수 개념들은 교육 과정에 따라 이미 정해져 있습니다. 따라서 관건은 누가 더 충실하게 그것들을 이해했는지에 달려 있습니다. 최상위권 학생들이 털어놓는 식상한 공부 비법, 즉 개념 중심으로 공부했다는 그 개념 말이에요. 개념이 제대로 잡혀야 지식의 누적이 가능하고 응용문제도 서술형 문제도 정복할 수 있습니다.

교과서는 그 개념에 접근하는 가장 훌륭한 읽기 교재입니다. 가끔 교과서는 버리고 자습서의 요약본으로만 공부하는 학생들이 있는데, 이는 위험한 공부 습관입니다. 낯선 개념을 파악하려면 서술된 줄글을 차분히 읽으며 내 머릿속에 의미를 구축하는 과정이 선행되어야 해요. 자습서의 요약은 생각의 뼈대가 완성된 후 마무리 단계에서 참고하는 것이 좋습니다.

이 책에서는 교과서에서 만나는 개념어들을 쉽고 친숙하게 받아들이는 방법을 일러 주려 합니다. 무조건 외우거나 잘못된 방식으로 공부하는 것을 막고, 단어의 어원을 풀이하는 습관부터 내게 저장된 지식의 데이터베이스를 활용하는 방법까지 하나의 새로운 개념을 소화하는 효과적인 방법을 제시하고자 해요. 이 책을 읽고 개념어 하나하나의 정의를 아는 것도 좋지만 더 중요한 것은 지식을 해석하고 이해하는 방식 자체를 익히는 것입니다.

책에서 다루는 어휘는 한정되어 있지만, 이를 바탕으로 스스로 공부하는 방법을 단련한다면 이 책을 통해 지식은 점점 넓어질 것이고 그 한계는 끝이 없을 것입니다.

2부

국어 과목 개념어

문해력은

안경이다

안경이다

흐릿하고 막연했던 세상도,
그것만 있다면 선명하고 또렷하게 볼 수 있지요.

패스포트다

우주만큼 광대한 지식의 왕국에 입국하려면
문해력이라는 패스포트가 꼭 필요해요.

드디어 대입 면접일이다. 오늘만 지나면 해방이다. 수시 합격은 면접이 중요하다지만, 난 걱정하지 않는다. 사람 사귀는 것은 자신 있다. 교수님도 나의 매력에 홀딱 빠져서 나를 제자로 삼고 싶어 할 것이 분명하다.

교수: 노문해 군은 경영학과에 지원한 동기가 뭔가요?

노문해: 제가 친구들을 좋아해서요. 이다음에 레스토랑을 차리고 싶습니다. 친구들과 가게에서 자주 파티도 하면서 즐겁게 사는 것이 제 꿈입니다. 식당을 잘 경영하고 싶어 경영학과를 지원했습니다.

교수: 그렇군요. 그렇다면 다음 질문에 대한 본인 생각을 밝혀 주세요. 중요한 경제 주체로서 기업은 기본적으로 이윤 추구를 해야 하고 이를 위해 최선을 다해야 하지만, 지나친 이윤 추구는 환경 파괴, 경제 공황, 경제적 불평등을 불러올 수도 있습니다. 최근 우리나라에서도 기업의 사회적 책임이 강조되는데, 노문해 군은 기업의 이윤 추구와 공익적 측면이 양립할 수 있다고 생각합니까?

노문해: (도대체 이건 어느 나라 말이냐? 한국어 맞나? 교수님 저한테 왜 이러세요? 취미가 뭐냐든가, 좋아하는 축구 선수가 누구냐든가 하는 좋은 질문은 다 놔두고 알아들을 수도 없는 질문을 하시다니! 에라 모르겠다. OX 문제인 것 같은데 나는 긍정의 요정이니 일단 O에 걸어야지.) 네, 그럴 수 있다고 생각합니다.

교수: 그 이유를 설명해 주세요.

노문해: 네? 그 이유는……. 제가 합격한다면 그때 말씀드리겠습니다!

1장 한자로 이루어진 어휘:
한 글자씩 쪼개어 음과 뜻을 익히세요

뜻을 짐작할 수 있는 단어

한자를 분해했을 때 비교적 쉬운 글자가 포함된 단어예요. 어디서 들어 본 것 같은 느낌이 들고, 정확한 사전적 정의까지는 몰라도 많이 쓰는 단어들이라 뜻을 대강 짐작할 수 있지요. 하지만 가끔은 추측했던 것과 의미가 전혀 다른 어휘들도 있으니 방심은 금물입니다.

이러한 단어를 공부할 때는 우선 각 단어의 한자를 한 글자씩 쪼개고 연필로 꼭꼭 짚어 가며 음과 뜻을 익혀야 해요. 다음으로는 그 낱글자가 모여 어떤 단어를 만드는지 기억하는 것이죠. 쉬운 한자는 그만큼 활용도 많이 되고 유사어나 반의어로 다양하게 파생되니 연결되는 단어를 묶어서 공부하는 것이 좋아요.

이제 단어의 의미를 파악했다면 그 단어들이 내 일상에서 어떻게 활용될지 고민해 보세요. 학년이 올라가고 어른이 되면 누구나 여러 상황에서 다양한 말을 할 기회가 생기지요. 그때 알고 있는 단어가 몇 개밖에 없다면 다채로운 표현을 구사하기는 힘들 거예요. 하지만 글로 배웠던 이런 어휘들이 내 입으로 소리 내어 사용할 수 있는 일상어가 된다면, 나의 말하기 수준도 한결 높아질 것입니다. 일단 시험 삼아 아래에서 배운 단어들을 이용하여 친구에게 문자 메시지를 보내면 어떨까요?

"친구야, 시험 기간은 도래하는데, 게임에 정신이 미혹되어 오늘도 시간을 낭비했더니 처연한 마음에 만감이 교차한다."

"오~ 유식한데?"

친구로부터 이런 답장이 날아오겠죠? 아니면, 어디 아프냐고 물어볼까요?

* 방임하다 놓을 방(放), 맡길 임(任)

돌보거나 간섭하지 않고 제멋대로 내버려두다.

예) 아직 네 살밖에 되지 않은 아이를 부모가 돌보지 않는 것은 아동 방임죄에 해당해.

쓰임) 개방, 추방, 방학 – 담임, 취임, 임무

* 만감 일 만 만(萬), 느낄 감(感)

솟아오르는 여러 생각이나 느낌.

예) 하루에 네 시간만 자며 공부해서 기말고사 전교 1등을 했더니 만감이 교차하는군.

쓰임) 만세, 만물, 만능 – 감사, 감정, 공감

* 염가 청렴할 렴(廉), 값 가(價)

매우 싼값.

예) 염가 매장에서 샀더니 정가의 반값이야. 완전 득템했어.

쓰임) 염치, 염탐, 청렴 – 평가, 대가, 가격

* 암묵적 어두울 암(暗), 잠잠할 묵(默), 과녁 적(的)

자기 의사를 밖으로 드러내지 않는 것.

예) 한 명을 따돌리자는 말에 잠자코 있었던 것도 암묵적 동의라고
생각해. 그런 행동에는 분명하게 반대 의견을 표명해야지.

쓰임) 암시, 암흑, 명암 – 침묵, 과묵, 묵살

* 도용 도둑 도(盜), 쓸 용(用)

남의 물건이나 명의를 몰래 씀.

예) 다른 사람의 글을 도용해서 자기 작품으로 발표했던 유명 래퍼
들이 요즘 무더기로 적발되고 있어.

쓰임) 도적, 도청, 절도 – 활용, 남용, 용도

* 척박하다 여윌 척(瘠), 엷을 박(薄)

땅이 기름지지 못하고 몹시 메마르다.

예) 김연아 선수가 대단한 이유는 우리나라의 척박한 피겨스케이팅
환경에서 그 대업을 이뤄 냈기 때문이야.

쓰임) 수척, 척토 – 희박, 천박, 경박, 박빙

* 도래하다 이를 도(到), 올 래(來)

어떤 시기나 기회가 닥쳐오다.

예) 얼마 후면 BTS 신곡 발표일이 도래한다. 모두 경건한 마음으로 대기해!

쓰임) 도착, 쇄도, 도달 - 장래, 미래, 내일

* 각별하다 각각 각(各), 다를 별(別)

어떤 일에 대한 마음가짐이나 자세 따위가 유달리 특별하다.

예) 우리 집 고양이는 우리 엄마의 각별한 사랑을 한 몸에 받고 있어. 엄마는 나보다 고양이를 더 챙기신다니까.

쓰임) 각종, 각자, 각처 - 구별, 별도, 차별

* 식견 알 식(識), 볼 견(見)

학식과 견문이라는 뜻으로, 사물을 분별할 수 있는 능력을 이르는 말.

예) 우리 반에서 힙합에 대하여 가장 식견이 높은 사람은 준영이야. 근데 실전은 다른가 봐. 오디션에서는 매번 떨어지더라.

쓰임) 지식, 인식, 무식 - 견학, 견문, 소견

* 곤욕 괴로울 곤(困), 욕될 욕(辱)

참기 힘들 정도로 심한 모욕.

예) 그 가수는 악성 댓글 때문에 큰 곤욕을 치른 뒤 경찰에 신고했대. 선처는 없다더군.

쓰임) 곤혹, 곤란, 피곤 - 모욕, 굴욕, 치욕

* 감안하다 헤아릴 감(勘), 책상 안(案)
여러 가지 전후 사정을 고려하여 생각하다.
예) 술 마신 것을 감안해서 흉악범의 형량을 줄여 주는 판결에 국민
들의 분노가 쌓이고 있어.
쓰임) 감수, 감사, 감정 - 대안, 안내, 방안

* 진솔하다 참 진(眞), 솔직할 솔(率)
진실하고 솔직하다.
예) 민수와 사소한 오해로 서먹서먹했는데 점심시간에 진솔한 대화
를 나누었더니 다시 친해졌어.
쓰임) 진정성, 진실, 진리 - 솔직, 경솔, 솔선수범

* 참극 참혹할 참(慘), 극심할 극(劇)
처참하고 끔찍한 일이나 사건.
예) 기상 이변으로 끔찍한 더위가 계속되는 바람에 이번 여름 강에
서 연어 수만 마리가 폐사하는 참극이 벌어졌어.
쓰임) 참혹, 비참, 참담 - 연극, 극적, 독극물

* 청아하다 맑은 청(淸), 아름다울 아(雅)
속된 티가 없이 맑고 아름답다.
예) 템플스테이 중이었는데 새벽에 처마에서 청아한 풍경 소리가 울

려 마음까지 정화되는 기분이었어.
쓰임) 청결, 청순, 청렴 – 아담, 아량, 우아

* 밀담 빽빽할 밀(密), 말씀 담(談)
남몰래 비밀스레 이야기함.
예) 서연이랑 지훈이가 수업 시간마다 그렇게 밀담을 나누더니 결국
둘이 사귀기로 했대.
쓰임) 비밀, 밀도, 친밀 – 농담, 속담, 담론

뜻을 짐작하기 어려운 단어

자주 들은 기억이 없어 생경한 단어들이에요. 한자로 유추하려 해
도, 낯선 한자가 섞여 있어서 쉽지 않지요. 어려운 어휘입니다. 단어
가 어렵다는 것은, 잘 쓰지 않아서 친숙함이 떨어지거나, 의미 자체
가 추상적이어서 구체적 이미지가 떠오르지 않거나, 복잡한 한자가
포함되어 까다로운 느낌을 주는 것을 말합니다. 일상생활에서 소리
내어 발음할 일도 별로 없지요.

만약 아래에서 아는 단어가 많다면 어휘력에 자부심을 가져도 좋
습니다. 하지만 지금 모르는 단어들도 그 뜻을 이해하고 나면 아는
단어가 됩니다. 고급 단어에 익숙해지고 어려운 말들이 점점 쉽게
느껴지는 변화가 문해력이 올라가는 과정입니다. 고급 독해를 하려
면 이 정도 어휘는 반드시 익혀 두세요.

* 미혹하다 미혹할 미(迷), 미혹할 혹(惑)
무엇에 홀려 마음이 흐려지게 하다.
예) 병준이가 아이템에 미혹되어 게임에 거액을 쏟아붓자 엄마는 그
날로 와이파이 공유기를 뽑아 버리셨어.
쓰임) 미신, 미로, 혼미 - 유혹, 매혹, 혹성

* 남루하다 헌 누더기 람(襤), 헌 누더기 루(褸)
옷 따위가 낡아 해지고 차림새가 너저분하다.
예) 사극에서 남루한 옷을 걸치고도 큰소리를 탕탕 치는 인물은 대
부분 암행어사야.

이리 오너라!

* 반추하다 돌이킬 반(反), 꼴 추(芻)
소, 양 따위의 짐승이 한번 삼킨 음식을 게워 내어 다시 씹다. 지나간
일을 되풀이하여 기억하고 음미하다.

예) 영수는 좋아하던 영어 선생님께 큰 칭찬을 받은 후 그날의 기억을 일주일 내내 반추했어.

쓰임) 반복, 반칙, 모반 – 반추 동물

* 교섭 사귈 교(交), 건널 섭(涉)

어떤 일을 이루기 위해 서로 의논하고 절충함.

예) 한국과 일본의 역사적 갈등이 깊어서 여러 가지 외교적 교섭에 어려움을 겪고 있어. 과거의 잘못은 진정성 있는 사과와 충분한 보상으로 바로잡아야 할 텐데 말이야.

쓰임) 교통, 교체, 사교 – 섭렵, 섭외, 간섭

* 토로 토할 토(吐), 이슬 로(露)

마음속에 품고 있는 생각이나 감정 따위를 다 드러내어 말함.

예) 선생님은 버르장머리 없는 학생들을 사랑으로 타이르는 일에 대한 어려움을 토로하셨어.

쓰임) 구토, 실토, 토혈 – 폭로, 노숙, 노출

* 경외하다 공경 경(敬), 두려워할 외(畏)

공경하면서 두려워하다.

예) 한학자였던 할아버지는 나를 자애롭게 대하셨지만, 나는 늘 할아버지를 경외하는 마음으로 우러러보았지.

쓰임) 존경, 경건, 경청 – 외경, 가외, 외우

* 요충지 요긴할 요(要), 찌를 충(衝), 땅 지(地)

지세가 작전하기에 유리하게 되어 있어 군사적으로 아주 중요한

장소.

예) 군사적 요충지여서 늘 전쟁에 시달렸던 이곳에서 평화의 콘서트

가 열린다니 정말 감동적이야.

쓰임) 수요, 요구, 요령 – 충격, 상충, 절충

* 처연하다 쓸쓸할 처(凄), 그럴 연(然)

애달파 처량하고 슬프다.

예) 뽀삐가 하늘나라로 간 이후 매일 밤 엄마는 처연한 표정으로 뽀

삐의 밥그릇을 쳐다보셨어.

쓰임) 처량, 처절 – 우연, 돌연, 태연, 연후

* 각축장 뿔 각(角), 쫓을 축(逐), 마당 장(場)

서로 이기려고 다투거나 경쟁을 하는 곳.

예) 세계적 아티스트들의 각축장인 빌보드 차트에서 BTS가 계속

1위를 차지하고 있어. 정말 자랑스러워.

쓰임) 생각, 두각, 각도 – 구축, 축출, 방축 – 시장, 광장, 장외

* 완곡하다 순할 완(婉), 굽을 곡(曲)

듣는 사람의 감정이 상하지 않을 정도로 모나지 않고 부드럽다.

예) 민준이는 화가 나도 항상 완곡하게 얘기해서 아이들이 믿고 따

르는 것 같아. 역시 반장은 다르다니까.

쓰임) 완만, 애완, 완숙 - 곡선, 굴곡, 왜곡

* 지양하다 그칠 지(止), 날릴 양(揚)
더 높은 단계로 오르기 위하여 어떠한 것을 하지 아니하다.
예) 학생들이 '지양하다'와 '지향하다'를 자주 바꿔 쓰더라. 뜻이 정
반대라 조심해야 해.
쓰임) 방지, 제지, 지혈 - 찬양, 억양, 격양

* 폄훼하다 낮출 폄(貶), 헐 훼(毁)
남을 깎아내려 헐뜯다.
예) 온라인상에서 싸우기 시작한 두 논객이 점점 논리를 잃고 상대
방을 폄훼하는 데 열을 내서 지켜보는 사람도 피곤해.
쓰임) 폄하, 포폄 - 저훼, 훼방, 훼손

* 힐난 꾸짖을 힐(詰), 어려울 난(難)
트집을 잡아 지나치게 많이 따지고 듦.
예) 고위 공직자 청문회에서 질문자가 소리 지르며 대상자를 힐난하
는 것을 보면 내가 다 숨이 막혀.
쓰임) 힐책, 힐난조, 힐문 - 곤란, 난감, 난해

2장 순우리말로 이루어진 어휘:
접할 때마다 나만의 사전에 기록해 두세요

한자를 몰라 단어를 익히기가 어렵다고 하소연하는 학생들이 많습니다. 우리말에 한자가 없다면 얼마나 좋을까 하며 억울해하기도 하지요. 한자만 없으면 공부하기 쉬울 것 같다고 생각하겠지만, 사실 순수한 우리말로 이루어진 단어들이라고 그렇게 호락호락하지는 않습니다. 아니, 오히려 더 어려울 때도 많아요.

순우리말이 더 낯선 역설적 상황은 그 단어를 우리가 많이 쓰지 않아서 발생합니다. 사실 단어 자체가 어려울 이유는 없어요. 아무리 어려운 단어도 익숙해지면 쉬운 단어가 되지요. 한때 '엽기적'이라는 단어가 유행한 적 있습니다. 엽기(獵奇)라는 낱말의 한자를 보면 여간 복잡한 것이 아니에요. 보면서 베끼기도 쉽지 않지요. 다른 단어에서 두루 활용되는 한자도 아니고요. 하지만 우리는 이 단어를 그다지 어렵다고 느끼지 않습니다. 자주 접하다 보니 저절로 친숙해진 것이지요. 이처럼 언어는 빈번하게 사용해서 친해지면 누구나 편하게 활용할 수 있어요. 과학이나 수학 이론처럼 그 자체가 도무지 이해하기 어려울 건 없습니다.

한자어라면 한자의 뜻을 생각하며 대강이라도 의미를 유추할 수 있지만 순우리말은 그것조차 불가능하지요. 그러니 접할 때마다 내 사전에 잘 갈무리해 두는 것이 좋습니다. 순우리말로 이루어진 어휘는 한자어와 다르게 모국어의 아름다움이 잘 스며 있어 상황이나 정서를 섬세하고 곡진하게 표현하는 데 적합하지요. 일기나 에세이를 쓰는 마음으로 각 단어가 포함된 문장을 만들어 본다면 문학적 감수성을 높이는 데도 도움이 될 거예요.

* 갈무리

물건 따위를 잘 정리하거나 간수함. 일을 처리하여 마무리함.
예) 학교에서 나눠 주는 유인물은 과목별로 잘 갈무리해 두어야 나중에 시험 볼 때 찾기 쉬울 거야. 그렇게 한 파일에 뒤죽박죽 섞어 넣으면 엄청 고생할걸?

* 마수걸이

맨 처음으로 물건을 파는 일이나 거기서 얻은 소득. 맨 처음으로 부딪는 일.
예) 내 기도가 먹혔는지 손흥민 선수가 이번 시즌 마수걸이 골을 멀티 골로 터뜨렸어!

* 여우비

햇볕이 나 있는데 잠깐 내리다가 곧 그치는 비.

예) 운동장에서 축구를 하는데 여우비가 내렸어. 햇볕 사이로 내리는 빗줄기를 보니 시원하기도 하고 신기하기도 하더라.

* 몽니

받고 싶은 대우를 받지 못할 때 내는 심술.

예) 엄마가 인강 때문에 나만 태블릿을 사 주셨는데, 그걸 알게 된 동생이 자기 것도 내놓으라며 몽니를 부렸어. 결국 엄마한테 무지 혼났지만.

* 해거름

해가 서쪽으로 넘어가는 일. 또는 그런 때.

예) 도서관에서 공부하다가 해거름 무렵에 집으로 향하면, 아파트 사이에 노을이 걸리곤 해. 어머! 나 시인이 되려나 봐.

* 희나리

채 마르지 않은 장작.

예) 캠프파이어 시간에 희나리에서 흰 수증기가 뭉게뭉게 피어오르자 모든 아이가 귀신놀이 하자며 기괴한 소리를 질러 댔지 뭐야.

* 윤슬

빛이나 달빛에 비치어 반짝이는 잔물결.

예) 송강 정철의 《관동별곡》을 보면, 달빛에 비친 동해의 윤슬을 보며, 시인이 얼마나 광대한 우주적 상상력을 발휘했는지 알 수 있어.

* 대거리
상대방에 맞서서 말이나 행동을 주고받음. 또는 그런 말이나 행동.
예) 병훈이 패거리가 시비를 걸면 대거리하지 말고 그냥 가는 게 좋을 거야. 괜히 엮이면 골치 아파져.

* 마름
지주 대신에 소작지를 관리하는 사람.
예) 예전 소설을 보면, 땅주인인 지주보다 소작료를 걷으러 다니는 마름이 농민들을 더 못살게 굴더라니까.

* 고즈넉하다
한적하고 아늑하다.
예) 잠에서 깨니 집 안에는 아무도 없고, 고즈넉한 거실에 시계 초침 소리만 들렸어. 그 아늑함을 깨고 싶지 않아 한참 눈을 감고 있었지.

* 잔망스럽다
태도나 행동이 자질구레하고 가벼운 데가 있다. 얄밉도록 맹랑한 데가 있다.
예) 그런데 참, 이번 계집애는 어린것이 여간 잔망스럽지 않아. 글쎄 죽기 전에 이런 말을 했다지 않아? 자기가 죽거든 자기 입던 옷을 꼭

그대로 입혀서 묻어 달라고. - 황순원의 《소나기》

* 계면쩍다

몹시 미안하거나 쑥스러워 어색하고 부끄러운 감이 있다.

예) 블루투스 이어폰이 없어졌다며 나를 의심하던 오빠가 결국 자기 외투 주머니에서 그것을 발견하고는 계면쩍은 얼굴로 나에게 용돈을 내밀었어.

* 의뭉하다

겉으로는 어리석은 것처럼 보이면서 속으로는 엉큼하다.

예) 수혁이는 시험공부 하나도 안 했다더니 죄다 백 점을 맞았어. 정말 의뭉한 것 같아.

* 각다분하다

일을 해 나가기가 힘들고 고되다.

예) 5등급에서 1등급으로 올라가기가 각다분하게 느껴질 수 있지만 너라면 할 수 있어. 엄마는 믿어!

* 을씨년스럽다
싸늘하고 스산한 기운이 있다.
예) 작년까지 학생들로 북적이던 전시회장은 코로나19가 창궐하자
찾는 사람이 없어 을씨년스러웠다.

* 아스라하다
까마득하게 멀거나 아슬아슬하게 높다. 기억이 분명하게 나지 않고
가물가물하다.
예) 우연히 어릴 때 살던 동네를 지나갔는데 골목에서 뛰놀던 추억
이 아스라하게 떠올라 눈물이 날 뻔했어.

* 정갈하다
깨끗하고 말쑥하다.
예) 유명한 한정식집에서 오랜만에 가족끼리 외식을 했는데, 엄마는
음식이 정갈하다고 좋아하셨지만, 내 입맛에는 치킨이나 피자가 훨
씬 맛있더라고.

* 애면글면
몹시 힘에 겨운 일을 이루려고 갖은 애를 쓰는 모양.
예) 모둠을 만들어 과제를 발표하면 몇 명만 애면글면하고 나머지는
무임승차하려고 해서 화가 나.

* 시나브로

모르는 사이에 조금씩 조금씩.

예) 개성 넘치던 가게들이 시나브로 사라지고, 홍대 앞거리에는 이제 자본력을 앞세운 프랜차이즈 레스토랑만 남았어. 이런 현상이 사회 시간에 배운 젠트리피케이션이야.

* 휘뚜루마뚜루

이것저것 가리지 않고 닥치는 대로 마구 해치우는 모양을 나타내는 말.

예) 이번에 새로 산 티셔츠는 너무 편해서 운동복으로도 잠옷으로도 휘뚜루마뚜루 입을 수 있어.

* 모름지기

사리를 따져 보건대 마땅히.

예) 아들이라면 모름지기 설거지도 잘하고, 청소도 잘하고, 쓰레기 봉투도 알아서 내다 버려야 해. 그래야 엄마가 좀 편하지.

* 미주알고주알

사소한 것까지 모두 다.

예) 내 동생은 아직 어려서 그런지 학교에서 있었던 일을 엄마한테 미주알고주알 얘기하더라.

* 바투

두 사물 사이가 꽤 가깝게.

예) 사람이 붐비는 장소에 가면 바투 앉거나 서지 말고 조금씩 거리를 두도록 해. 코로나19 시대의 새로운 매너야.

* 오롯이

남거나 모자람 없이 온전하게.

예) 형이 수학여행을 가는 바람에 치킨 닭다리는 오롯이 내 차지가 되었지 뭐야.

* 넌지시

드러나지 않게 가만히.

예) 시험 전 주에는 수업에 더 집중해야 해. 선생님들이 시험에 나올 것들을 넌지시 알려 주기도 하시거든.

* 느물거리다

말이나 행동을 자꾸 음흉하고 능청스럽게 하다.

예) 진수는 대놓고 주먹을 쓰지는 않았지만 은근히 느물거리면서 뒤로 아이들을 괴롭히다가 결국 학폭위에 불려 가고 말았대.

* 여의다

부모나 사랑하는 사람이 죽어서 이별하다.

예) 엄마는 어려서 부모님을 여의고 외롭게 컸다고 늘 말씀하셨이.

그래서 우리 남매에 대한 애정이 각별하시지.

* 해사하다

얼굴이 희고 곱다. 표정, 웃음소리, 옷차림, 자태 따위가 맑고 깨끗하다.
예) 민영이는 해사하게 웃을 때는 그렇게 순해 보이는데, 막상 시험
공부를 시작하면 눈에서 레이저 빔이 막 나와.

3장 관용적 표현:
말 속에 담긴 미묘한 뉘앙스를 이해하세요

관용적 표현은 오랜 시간 많은 사람의 입에 오르내리다 보니 척하면 바로 알아듣게 된 표현을 말합니다. 비유 방법을 사용하는 경우가 많지요. 비유는 이것과 저것이 어쩐지 닮은 구석이 있어서 이 말을 하는 대신 비슷한 다른 것을 가져다 쓰는 것입니다. 비유적 표현은 직설적으로 서술하는 것보다 의미를 풍성하게 만들며, 독특한 문학적 미감을 느끼게 하지요. 이것을 저것에 비유했을 때, 그 둘 사이에 어떤 유사점이 있는지 파악하는 것이 핵심입니다.

깨진 유리 조각의 단면을 보면 어떤 느낌이 드나요? 날카롭게 벼려진 칼날을 정면으로 바라보면 뭔가 심장이 쫄깃해지며 알 수 없는 두려움이 덮치지 않나요? 칼이나 낫의 그 날카로운 끝 혹은 깨진 유리의 절단면, 그런 것을 뜻하는 단어가 '서슬'입니다. 날이 서슬 퍼렇게 서 있으면 그야말로 간담이 서늘하고 오금이 저리죠. 힘이나 권력, 분노와 같은 어떤 기운이 넘쳐 나는 것을 '서슬이 퍼렇다'고 표현합니다. 상황에 잘 어울리는 절묘한 표현 아닌가요? 관용적 표현은 이처럼 인생의 여러 장면과 인간의 감정을 색다르게 표현해 더 폭넓은 공감대를 만들어 냅니다.

관용적 표현을 익힐 때는 그것을 쓰기에 적절한 상황이 무엇인지 이해하는 동시에 각 표현이 담고 있는 미묘한 뉘앙스도 음미해 보세요.

* 딴죽을 걸다

딴죽은 씨름 같은 격투기에서 발로 상대방 다리를 치거나 당겨 넘어뜨리는 기술을 뜻합니다. 딴죽을 걸면 어떻게 될까요? 넘어지겠지요. 어떤 일을 같이하기로 약속까지 해놓고 갑자기 어그러뜨리는 상황을 '딴죽을 건다'고 합니다. 조별 발표에서 딴죽을 거는 친구가 하나 끼어 있으면 분란이 벌어지죠.

* 일각 여삼추

일각(一刻)은 한 시간을 4로 나눈 시간, 즉 15분을 말합니다. 여삼추(如三秋)는 '세 번의 가을과 같다'는 뜻으로, '일각 여삼추'는 15분이 마치 3년처럼 느껴진다는 뜻입니다. 객관적으로는 짧은 시간이지만 주관적으로는 그토록 길게 느껴지는 상황, 언제일까요? 무엇인가를 몹시 간절하게 기다릴 때 쓰는 표현입니다. 합격자 발표를 앞둔 수험생들은 그야말로 일각이 여삼추일 것입니다.

* 귀가 얇다

자기 주관이 뚜렷하지 않고 누가 옆에서 유혹하면 금세 남의 말에 속아 넘어가는 것을 '귀가 얇다'고 합니다. 귀가 너무 얇으면 계획했던 일들이 다 어그러지고, 일이 점점 산으로 가는 경우도 많지요.

* 머리가 굵다

부모님의 보살핌을 받던 아동기가 끝나고 이제 자기 스스로 생각하거나 판단할 수 있게 된 상태를 '머리가 굵다'고 합니다. 고분고분했던 자식이 머리가 좀 굵었다고 점점 말을 안 듣는다면서 어른들이 탄식할 때가 있지요.

* 발이 묶이다

발을 묶으면 움직일 수 없겠죠. 어떤 이유로 꼼짝할 수 없는 상황을 표현합니다. 돈이 없거나, 기상 상황이 나빠지거나, 교통이 두절되거나 하여 도무지 방법을 찾기 어려울 때 발이 묶입니다. 폭설 때문에 발이 묶인 승객들이 제주공항 터미널에서 숙식을 해결한다는 보도가 겨울이면 종종 들려오지요.

* 허리가 휘다

학생 신분에 어울리지 않는 사치품이 유행하여 너도나도 부모님을 졸라 하나씩 장만하는 세태를 탄식하며 '등골 브레이커'라는 신조어가 탄생했죠. 말 그대로 자식의 철없는 요구를 들어주려면 부모가 허리가 휠 정도로 일해서 돈을 벌어야 한다는 의미가 담겨 있습니다. 힘에 부치는 일을 감당하는 상황을 표현할 때 쓰는 말입니다.

* 오금이 저리다

오금은 무릎의 구부러지는 오목한 안쪽 부분이에요. 꼼짝하지 않고 오랫동안 쪼그리고 앉아 있으면 오금이 저려 오죠. 무엇에 놀라거나 겁이 나서 마음을 졸이는 것을 오금이 저린다고 해요.

* 안면을 바꾸다

연예인의 성형 전 사진을 보면 같은 사람이라고 믿을 수 없을 정도로 얼굴이 달라진 경우가 있지요. 안면은 얼굴이라는 뜻도 있고, '안면이 있다'고 할 때처럼 '서로 알고 지내는 친분'이라는 의미도 있어요. 안면을 바꾼다는 것은 지금까지 잘 알고 지내던 사람이 갑자기 모른 척한다거나 쌀쌀맞게 대하는 것을 말해요.

* 운을 떼다

한시를 지을 때는 일정한 자리에 발음이 비슷한 글자를 배치하는 규칙이 있어요. 이러한 글자를 '운(韻)'이라고 합니다. 예전 선비들이 함께 한시를 지을 때, 누가 운을 제시하면 다른 사람들은 그 규칙에 맞추어 시를 지었어요. 이처럼 운을 떼는 것은 어떤 말을 하거나 토론을 할 때 처음으로 말문을 여는 것을 의미해요.

* 배포(排布)가 유(柔)하다

머리를 써서 일을 잘 정돈하고 계획하는 것을 배포라고 해요. 사람마다 성격이 달라서 조급하고 성마른 사람이 있고, 느긋하고 여유로운 사람도 있지요. 배포는 쉽게 말해 일에 대한 개인적 시간관념 같은 것인데, 그것이 여유로운 사람은 배포가 유한 것이지요. 성미가 급하지 않고 유들유들한 것을 뜻해요.

* 아귀가 맞다

들쭉날쭉했던 퍼즐의 한 면이 서로 맞물리며 딱 맞아떨어지면 속 시원한 쾌감이 밀려듭니다. 아귀는 사물의 갈라진 부분을 말해요. 부러진 것을 다시 붙이려고 잘린 면을 맞대어 봤는데 들고 난 부분이 서로 일치한다면 '아귀가 맞는' 순간이죠. 어떤 이야기의 앞뒤 스토리가 맞아떨어질 때, 계획한 일이 딱딱 맞아 들어갈 때, 돈이나 숫자가 정확하게 일치할 때 아귀가 맞는다고 합니다.

4장 개념어:
글의 종류에 따라 관련 개념어들을 묶어 정리하세요

'국어'는 한국인의 모국어를 뜻하기도 하지만 학교에서 배워야 하는 교과목 이름이기도 해요. 과목으로서 국어에서도 반드시 익혀야 하는 다양한 개념어가 있어요. 학문적 이론은 보통 커다란 체계를 이루며 상위개념과 하위개념이 서로 이어집니다. 공부할 때는 지식의 전체 설계도를 그리는 것이 중요해요. 나뭇가지를 뻗어 가듯 지식의 위계를 눈으로 보여 주는 마인드맵은 구조를 파악하는 좋은 도구입니다.

글의 종류에 따라 관련 개념어가 다릅니다

먼저 글의 종류에 따라 머릿속에 시, 소설, 수필, 고전 문학 등 상위 폴더를 만들어 보세요. 그다음에 새로 익힌 개념어들을 해당 폴더에 저장하세요. 그래야 지식의 위계가 생겨서 공부한 내용이 단단하게 유지될 수 있어요. 예를 들어 '함축성'이라는 단어를 만나면 자동으로 '시'라는 폴더가 떠올라야 합니다. '개연성'은 소설, '객창감'은 수필 폴더에 저장해야지요.

시험 기간에 밤을 새워 공부했는데, 시험이 끝나자마자 공부한 것이 감쪽같이 사라지는 원통한 일은 대부분 그것이 보관되어야 할 자리를 배정받지 못해서 발생해요. 입김을 불면 쉽게 날아갈 정도로 지식을 두피에 살짝 얹어 억지로 암기한 것이지요. 그것은 파일을 만든 다음 폴더나 디렉토리도 없이 바탕화면에 몽땅 넣어 버린 것과 같아요. 그렇게 마구잡이로 쌓인 정보는 이다음에 다시 꺼내 보고 싶은 순간이 와도 영원히 찾을 수 없습니다. 원하는 순간 출력할 수 없는 정보는 없는 것이나 마찬가지지요.

상위 폴더 아래 필요한 개념어를 수집해 두었다면, 다음 단계에 더 중요한 일이 남아 있습니다. 익힌 개념어들 사이에 연관 관계를 만드는 일이에요. 지식은 우리 머릿속에 알갱이로 똑 떨어져 보관되지 않아요. 한 개념과 다른 개념이 서로 그물처럼 상관관계를 맺으며 지식이 확장되지요.

소설의 3요소인 주제, 구성, 문체를 공부한다면 단순히 세 개념의 정의를 아는 것에서 그치지 말고, 각 요소가 서로 어떻게 연결되는지까지 짚어 보라는 말입니다. 소설의 주제에 따라 문체가 정해지고 소설의 구성을 이루는 인물, 사건, 배경도 달라집니다. 더하여 묘사나 대화, 서술 시점과 같은 세밀한 장치들도 각각의 요인들과 맞물리며 전개되지요.

예를 들어 채만식의 소설은 식민지 시대 상황에서 기회주의적으로 아첨하는 인물을 다루는 경우가 많아요. 그에 따라 인물을 바라보는 작가 특유의 냉소적 시점이 두드러지고, 문체도 전반적으로 풍자 논조를 드러내지요. 이러한 요소들은 서로 상승 작용을 하며 하나의 화합물처럼 결합하여 전체적으로 채만식 소설의 개성을 만들어요.

이렇듯 개념어들이 실제 글에서 어떻게 기능하는지를 마인드맵을 그려 가면서 공부한다면 지식이 알갱이로 떠돌다가 허공으로 증발하는 일을 방지할 수 있습니다.

한국어 문법에 대한 개념어는 그 정의부터 살펴봐야 합니다

다음으로는 한국어 문법에 대한 개념어예요. 우리말 문법을 공부할 때 가장 중요한 것은 '문법적 정의'가 무엇인지 '정확하게' 이해하는 일입니다. 문법 용어도 우리말이기에 들리는 대로 짐작하여 그 뜻을 안다고 착각하는 경우가 많습니다. 그 착각이 쌓이면 모든 개념이 뒤죽박죽되어 나중에는 손쓰기 힘든 지경에 이를 수도 있어요. 새로 배운 문법 용어들은 다른 친구에게 직접 설명해 줄 수 있을 정도로 개념을 확실하게 세워 두는 것이 필요합니다.

우리말에는 품사가 몇 개 있을까요? 한국어의 품사를 물어보면 바로 주어, 동사……. 이렇게 대답하는 학생들이 많은데, 그것은 영문법과 섞인 채 대충 공부해서 그런 것입니다. '주어'는 품사가 아니고 문장 성분이지요.

우리말의 품사는 모두 9개로 9품사라고 해요. 이번에는 각각의 문법적 정의를 설명할 수 있을까요? 명사는 딱 알겠는데 관형사와 형용사, 체언과 용언은 어떻게 구별해야 하나 말문이 막히는 학생도 있을 거예요. 시험에서 문법은 정확성을 따지는 문제가 많이 출제되기에 문법 용어는 정의부터 꼼꼼하게 짚고 넘어가야 합니다. '어절'과 '음절'을 구별할 수 있는 학생이 생각보다 많지 않아요. '문장 성분'과 '품사'의 정의도 마찬가지고요. 느낌으로 짐작만 하면서 스스로 잘 안다고 착각하고 있다면 지금 바로 연습장을 펴고 일단 우리말 품사와 문장 성분을 나누어 적어 보세요. 헷갈리는 학생이 의외로 많을 것입니다.

문법 용어나 장르 관련 개념어 중 내가 특별히 취약한 부분이 어디인지 따져 보고, 혹시 구멍이 발견된다면 확실하게 대비해 두세요. 가장 기본적인 일은 역시 한자어의 의미를 따져 보는 것입니다. 그리고 그 용어가 왜 그런 이름을 갖게 되었는지 스스로 이해하는 것입니다. 그것이 먼저 이루어져야 그 위에 특수한 의미의 살이 붙고, 나 홀로 백지에 전체 구조도를 완성할 수 있습니다.

* 내재적 관점, 외재적 관점

문학 작품을 감상할 때 무엇을 기준으로 삼는지에 따라 감상자가 주목하는 곳이 달라집니다. 무엇을 보는가(관점)에 따라 작품에 대한 해석이나 비평의 포인트가 바뀌는 것이지요. 문학 작품이 한 편 완성되기까지 여러 존재의 상호작용이 필요해요.

김유정의 《동백꽃》을 예로 들어 볼까요? 먼저 김유정이라는 '작가'가 필요하죠. 작가만 있으면 뭐 하나요? 소설을 읽어 줄 '독자'도 있어야겠지요. 《동백꽃》이라는 소설은 진공 상태에서 뚝 떨어지지 않았어요. 1930년대 식민지 한국이라는 시대적·공간적 '배경'에서 탄생했어요.

《동백꽃》을 해석할 때 작가, 독자, 배경 어느 것을 비평 기준으로 정하는지에 따라 작품에 접근하는 방식이나 해석 내용이 달라져요. 작품을 해석할 때 작가의 생각이나 체험을 읽어 내는 것은 문학을 작가의 표현이라 여기는 것이기에 '표현론적 관점'이라고도 해요. 작품에 담긴 그 시대와 사회의 모습을 탐구하는 것은 작품이 사회를 반영한다는 측면에서 '반영론적 관점'이라고 합니다. 작품은 독자가 수용하고 독자에게 효용성을 주어야 존재 의의가 있다는 방식의 접근은 '수용론' 혹은 '효용론적 관점'이라고 하지요.

이처럼 작품을 둘러싼 외부의 기준으로 작품을 감상하는 것을 '외재적 관점'의 작품 감상이라 합니다. 한편 오로지 《동백꽃》이라는 작품 자체에만 집중하는 방식을 '내재적 관점'이라고 해요. 내용, 문체, 표현법, 구조 등 문학을 감상하기 위해 작품만이 절대적 의미를 지닌다는 생각이죠. 존재하는 작품 자체에만 집중한다는 측면에서 '절대론적 관점'이라고 합니다.

* 함축성

한 단어 안에 여러 의미를 머금고 모아 두는 것을 말합니다. 일상적 대화에서 "저기 꽃이 피었어."라고 한다면 그것은 그저 눈에 보이는 꽃을 의미하겠지만, 시인이 "산에 피는 꽃은 저만치 혼자서 피어 있네."라고 쓴다면, 그 꽃은 그저 단순한 산꽃을 뜻하는 것만은 아닙니다. 이 시 안의 꽃은 모든 존재의 본질이기도 하고, 동시에 근원적 고독이며 혹은 그저 아름다운 한 송이 꽃에 불과하기도 하죠.

꽃이라는 한 사물에 시인이 말하고 싶은 것을 여러 겹으로 압축해서 넣어 둔 거예요. 독자는 그 시를 읽으며 이번에는 시인이 시를 쓴 과정과 역방향으로 시에 담긴 다층적 의미를 한 꺼풀씩 벗겨 내며 음미하게 되지요. 함축성은 시라는 장르의 중요한 특징이에요.

* 음보율

음보(소리 음音, 걸음 보步)는 무엇일까요? 문자 그대로는 소리의 걸음이에요. 즉 시의 행을 소리 내어 읽을 때 걸음을 내딛듯 일정한 간격으로 글자들이 덩어리로 끊어져 리듬감을 만들어 내는 것이 음보율입니다. 시는 음악성이 있는 운문인데, 시마다 그 음악성을 드러내는 방식은 조금씩 달라요. 리듬이나 라임이 분명해서 겉으로 음악성을 느끼게 하는 외형률의 시도 있고, 운율이 은근하게 속으로 스며든 내재율의 시도 있습니다. 음보율은 노래로 치면 몇 박자의 노래인지 묻는 것과 비슷해요. 시에서 드러나는 음보율은 3음보나 4음보가 대부분이죠.

김소월의 《진달래 꽃》을 소리 내어 낭독해 보세요. 자연스럽게 끊어지는 부분이 있을 거예요. 이 시는 대표적인 3음보 시예요.

"나 보기가/역겨워/가실 때에는//말없이/고이 보내/드리오리다."

한편 평시조는 모두 4음보의 운문입니다.

"태산이/높다 하되/하늘 아래/뫼이로다//오르고/또 오르면/못 오를 이/없건마는"

평범한 내용을 평범한 말로 전하면 사람들이 주목하지 않는 뻔한 글이 되겠죠. 같은 내용이라도 색다르게 표현하면 독자 마음에 긴장감이 조성되면서 독특한 문학적 효과가 생겨납니다. 이것을 '낯설게 하기'라고 해요. 시인들은 전하고 싶은 것을 돋보이게 만들려고 익숙한 것을 낯설게 바꾸기도 해요. 반어와 역설은 그것을 위한 충격적 방법 중 하나이지요.

반어는 실제와 반대로 말하는 것입니다. 실수한 친구에게 "자알~했다"라고 던지는 말이나, 아주 귀여운 강아지한테 "아유, 얄미워"라고 표현하는 것들이 모두 반어예요. 거꾸로 말함으로써 진심이 더 강렬하게 전달되는 것이지요. 현진건의 《운수 좋은 날》은 제목 자체가 반어적이라 결말이 더 충격적으로 느껴집니다.

속마음이 사실과 다를 뿐 반어적 표현이 논리적으로는 문제가 없는 반면, 역설은 표현 자체가 모순입니다. "찬란한 슬픔의 봄"이나 "외로운 황홀한 심사"처럼 한 단어를 수식하기에는 서로 어울리지 않는 표현이 나란히 놓인다거나 "님은 갔지만 나는 님을 보내지 아니하였습니다"처럼 아예 문장 자체가 앞뒤가 안 맞는 방식이 모두 역설적 표현입니다. 논리로만 따지면 이치에 어긋나지만, 합리성을 넘어서는 복잡 미묘한 삶의 영역도 분명히 존재하기에 역설적 표현은 독자에게 더 큰 진실로 받아들여집니다.

* 수미상관(머리 수首, 꼬리 미尾, 서로 상相, 관계 관關), 수미쌍관 (쌍 쌍雙)

머리와 꼬리가 서로 상관있다 혹은 머리와 꼬리가 쌍으로 연관된다는 뜻이에요. 시의 구조를 잡을 때 처음과 끝이 똑같거나 비슷하면 시 형태가 균형을 이루고, 전개되는 시 내용이 안정적으로 마무리되는 효과를 낼 수 있어요.

김소월의 〈산유화〉도 "산에는 꽃 피네/꽃이 피네/갈 봄 여름 없이/꽃이 피네"로 시작해 "산에는 꽃 지네/꽃이 지네/갈 봄 여름 없이/꽃이 지네"로 끝나고, 한용운의 〈나룻배와 행인〉은 처음과 끝이 모두 "나는 나룻배/당신은 행인"이지요. 시뿐만 아니라 소설을 비롯한 다른 산문에서도 가끔 사용되는 구성 방식입니다.

* 시적 화자

시에서 말하는 사람을 '시적 화자(話者)'라고 합니다. 시적 자아, 서정적 자아도 같은 말이에요. 우리는 시를 읽으며 시인이 우리에게 말을 건다고 착각할 때가 많지요. 하지만 작품 속 목소리는 시인이 아니라 시인이 창조한 가상의 인물이에요. 시인은 같아도 시의 자아는 여럿일 수 있어요.

모두 김소월의 작품이지만 엄마를 기다리는 아이, 님을 그리워하는 여인, 고향을 잃은 사내 등으로 시적 화자는 시에 따라 달라요. 이처럼 시에는 시를 이끌어 가는 누군가가 존재하는데, 이들이 세상과 삶에 대해 어떤 태도와 마음을 지녔는지에 따라 시의 주제와 분위기가 많이 달라집니다. 이를 시적 정서라고 해요.

* 시적 허용

허용은 봐준다는 의미죠. 시적 허용은 '시니까 봐주겠다, 허락해 주겠다'는 것입니다. 무엇을, 왜 허용해 줄까요? 시인은 가끔 어떤 까닭인지 몰라도, 문법적으로 틀리거나 맞춤법에 어긋난 표현을 쓸 때가 있어요. 산문이라면 교정 과정에서 고치겠는데 시에서는 그럴 수 없어요. 시에서는 쉼표 하나도 시인의 의도에 따라 정교하게 배치되었기에 함부로 손대면 안 됩니다.

시적 허용은 객관적으로는 틀린 표현이지만 그런 표현이 시의 예술적 효과를 높이고, 정서를 순화하며, 독자에게 더 큰 감흥을 줄 수 있기 때문에 시인이 의도적으로 법칙을 파괴한 것들을 말합니다. '노란'을 '노오란'으로, '부지런해라'처럼 형용사를 명령형으로, 우리 어머니를 '울엄매'로 표현하는 것 등이 그 사례입니다.

* 객관적 상관물, 감정 이입

시는 시적 화자가 느끼는 감정을 일상 언어처럼 직설적으로 표현하는 것을 좋아하지 않아요. 화자의 감정을 어떤 사물이나 동식물을 통해 간접적으로 표현하는 것이 더 시적이지요. 암수가 정다운 꾀꼬리는 〈황조가〉에서 임을 잃은 시적 화자의 외로운 처지를 더 두드러지게 합니다. 이처럼 서정적 자아의 감정을 환기해 주는 어떤 것을 객관적 상관물이라고 합니다. 객체로 존재하지만 화자의 정서와 상관있는 사물이라는 의미입니다.

슬픈 것은 시적 화자이지만, 직접 슬프다고 말하는 대신 "저 물도 내 맘 같아서 울며 밤길 흐르는구나."라고 표현한다면, 물은 내 정서를 객관적으로 보여 주는 상관물이 되는 것이지요. 시냇물이야 감정이 없겠지만 그 물을 바라보는 내 마음이 슬프면 냇물이 흐르는 소리도 흐느끼는 것처럼 들리는 법입니다. 내 마음이 냇물에 스며들었기 때문이지요. 이처럼 화자의 감정을 사물에 집어넣어서 화자와 사물의 감정이 같은 것처럼 표현하는 것을 감정 이입이라고 합니다.

* 개연성

소설은 허구(실제로는 없는 이야기를 작가가 상상력을 동원하여 만드는 일)의 장르지만 만들어 낸 이야기라고 해서 아무렇게나 쓰면 안 됩니다. 소설 속에서 벌어지는 사건이 다큐멘터리처럼 실화는 아니지만, 작가가 설정한 세계 안에서는 나름의 질서가 유지되면서 독자에게 '그럴듯하다, 그럴 수 있겠다'는 공감을 주어야 해요. 그것이 개연성입니다.

판타지나 SF 장르처럼 작품 속의 어떤 것도 현실에는 존재하지 않더라도, 작품이 설정한 고유의 세계관을 독자가 받아들이고 인정한다면 개연성을 획득할 수 있습니다. 중요한 것은 논리성입니다. '말도 안 되는 전개'에 독자는 오래 몰입하지 못합니다. 확률이 희박한 우연이 특정한 인물에게만 연속해서 벌어지거나 하는 것들이 대표적으로 개연성이 없는 구성이지요.

* 입체적 인물, 평면적 인물

소설을 구성하는 3요소는 인물, 사건, 배경입니다. 그중에서 첫 번째로 꼽히는 인물은 그만큼 소설을 이루는 가장 중요한 요소라고 할 수 있어요. 인물은 다른 말로 캐릭터라고도 하는데, 소설은 작품 속의 여러 인물이 충돌하고 갈등하며 스토리가 진행됩니다.

인물들은 다양한 사건을 겪으며 자신의 고유한 생각과 성격을 드러냅니다. 일반적으로 평범한 사람들은 주어진 상황에 따라 선할 때도 있고, 악할 때도 있지요. 우유부단했다가 단호해지고, 독했다가도 유순해지는 복잡한 존재가 보통의 인간입니다. 마음속에 여러 가지 상반된 마음이 공존하기 때문이지요. 바라보는 각도에 따라 다른 모습을 드러내는 입체상처럼 성격이 복합적이고 변화무쌍한 이러한 인물을 입체적 인물이라고 해요. 현대 소설의 인물들은 대부분 입체적 인물이지요.

반면 한번 성격이 정해지면 소설의 처음부터 끝까지 한 가지 성격만 고수하는 인물을 평면적 인물이라고 합니다. 착한 사람은 억울한 일을 당해도 줄기차게 선량하고, 악인은 묻지도 따지지도 않고 악행만 저지르는 것이지요. 평면적 인물은 주로 고전 소설에 등장해요. 현대 소설에 평면적 인물이 등장한다면, 독자들은 아마 '세상에 저런 사람이 어디 있어'라고 반박하며 작품의 개연성이 떨어진다고 생각할 거예요.

* 시점

소설은 이야기 장르입니다. 소설에는 독자에게 이야기를 들려주는 화자가 존재하지요. 이 화자가 소설 안에서 어떤 위치에 있는지에 따라 독자에게 알려 줄 수 있는 범위가 달라집니다. 풍경화를 그릴 때 화가의 시선에 따라 담을 수 있는 그림의 폭과 깊이가 정해지는 원리와 같아요.

이처럼 화자가 작품과 관계 맺는 방식을 시점(볼 시視, 점 점點)이라고 합니다. 소설의 시점은 네 가지가 있어요. 우선 화자가 작품 속 인물이면 1인칭 시점입니다. 작중 인물이 소설의 세상에서 벌어지는 일을 직접 말하는 것이죠. 그가 주인공이면 1인칭 주인공 시점이고, 그가 단순히 주변 인물이면 1인칭 관찰자 시점이에요. 주인공 시점은 내가 직접 내 이야기를 하기에 자신의 주관적 정서를 풀어내는 자기 고백적 소설에 적합해요. 관찰자 시점의 화자는 작중 인물들에 대해 겉으로 본 것만 풀어내므로 독자는 다른 인물들의 심리는 알 수 없지요.

3인칭 시점은 서술자가 작품 외부에 있습니다. 외부의 누군가가 소설 안에서 벌어지는 일을 서술하는 것이지요. 그저 보이는 것을 객관적으로 서술할 경우 3인칭 관찰자 시점이라고 합니다. 겉으로 드러나는 말이나 행동만 옮길 뿐 인물들의 심리에는 접근할 수 없기에 독자는 인물의 행동이나 사건을 보며 스토리 전개를 따라갈 뿐이에요.

반면 전지적(全知的) 작가 시점은 그야말로 서술자가 전지적이라 모든 것을 알고 있어요. 사람들 심리뿐만 아니라 사건이 돌아가는 양상, 시대나 역사의 흐름까지 모든 것을 꿰뚫지요. 흐름이 길고 등장인물이 많은 대하소설은 주로 전지적 작가 시점을 취해요. 작가는 소설의 내용과 주제에 따라 가장 효과적인 시점을 채택해서 서술합니다.

* 갈등(칡 갈葛, 등나무 등藤)

* 갈등(칡 갈葛, 등나무 등藤)

칡나무와 등나무는 모두 덩굴을 뻗으며 자라요. 덩굴은 감기고, 뻗고, 얽히는 식물의 줄기예요. 칡나무 덩굴과 등나무 덩굴이 서로 얽히면 어떤 일이 벌어질까요? 서로 복잡하게 꼬여서 시원하게 풀기 어렵겠지요. 이렇듯 사람과 사람, 사람과 사회가 부딪치며 서로 얽힌 상태를 갈등이라고 해요.

아무 어려움 없이 모두 평온하기만 하면 소설을 이룰 수 없어요. 갈등으로 사건이 발생하고, 이야기가 전개되다 갈등이 생기고, 그것이 해소되면서 독자들은 재미, 감동, 교훈을 얻습니다. 그래서 소설은 갈등의 장르라고도 하지요.

인물의 마음속에서 여러 가지 생각이 충돌하며 싸우는 것을 내적 갈등이라고 합니다. 마음에 드는 이성에게 '사귀자고 할까, 말까?' 하는 주저함부터 최인훈의 《광장》 속 이명준처럼 남한, 북한, 제3국 중 어떤 체제를 선택해야 할지에 대한 고민까지 상반된 상황이 주는 정신적 괴로움이 바로 내적 갈등이지요.

반면 갈등이 다른 사람, 외부 환경, 거부할 수 없는 운명 등과 같이 인물 밖에서 발생하는 것을 외적 갈등이라고 해요. 계모와 갈등하는 장화와 홍련, 가공할 자연과 사투를 벌이는 《노인과 바다》의 어부, 6·25전쟁으로 2대에 걸쳐 고통을 받는 《수난이대》의 부자 등이 그 사례라 할 수 있어요.

* 의식의 흐름

오늘 아침에 잠에서 깨었을 때 머릿속에 어떤 생각이 스쳐 갔나요?

분명 여러 생각이 머물다 지워졌겠지만 잘 기억하기는 어려울 것입니다. 사람의 생각은 내밀한 연상 작용을 일으키며 꼬리에 꼬리를 물고 스스로 흘러가곤 하지요. 현대 소설 중 특히 심리주의 소설에서 등장인물의 마음속에 떠오르는 생각을 그대로 적는 기법을 의식의 흐름이라고 합니다.

인물의 생각은 객관적으로 파악할 수 있는 것도 있고, 무의식에서 갑자기 튀어나와 도통 종잡을 수 없는 것도 있어요. 무질서하고, 파편적이고, 잡다한 인간의 연상 작용을 서술함으로써 소설은 인물의 은폐된 심리적 동기를 겉으로 드러냅니다. 우리 문학에서는 이상의 작품이 대표적이에요. 《날개》, 《종생기》 등의 소설에는 식민지 조국에서 기형적으로 억압된 삶을 살 수밖에 없는 지식인의 기묘한 의식이 복잡한 암호처럼 서술되어 있습니다.

* 구성(플롯Plot)

똑같은 인물이 등장하고 똑같은 스토리가 전개되어도 그 이야기를 어떤 순서로 배열하고 짜임새를 얽는지에 따라 작품의 재미와 예술성은 천양지차입니다. 소설을 집짓기라고 했을 때 동일한 건축 자재를 쓰더라도 설계도에 따라 완전히 다른 집이 지어지는 것과 같은 이치예요. 인물이 다양한 배경 속에서 벌이는 사건들을 원인과 결과, 시간의 흐름 등과 섞어서 긴밀하게 작품을 엮어 내는 것을 구성이라고 합니다.

추리 소설은 구성의 묘미에 기대는 대표적 장르죠. 만약 추리 소설의 사건을 분해해 시간 흐름에 따라 차례대로 서술한다면, 작품의 재미와 매력은 완벽하게 사라져 버릴 거예요. 그만큼 구성은 작품의 예술성을 구축하는 매우 중요한 장치입니다.

사건이 시간 순서대로 단순하게 진행되는 것은 '단순 구성'이라고 합니다. 안정적이고 평면적인 전개이며 주로 단편 소설에서 많이 사용되지요. 반면 과거, 현재, 미래의 순서가 뒤바뀌며 많은 인물이 복잡하게 사건을 전개하는 것을 '입체적 구성'이라고 해요. 장편 소설은 보통 입체적 구성으로 서술되지요.

그 밖에 한 작품에 여러 짧은 이야기가 엮인 경우도 있어요. 각자 독립된 단편 소설처럼 보이는 짧은 글들이 같은 주제 아래 묶여 전체적으로 통일성을 보여 주는 방식이지요. 마크 트웨인의《허클베리 핀의 모험》, 양귀자의《원미동 사람들》, 조세희의《난장이가 쏘아올린 작은 공》등이 대표적이며, 이런 방식을 '피카레스크식 구성'이라고 해요.

'액자형 구성'은 그림의 액자처럼 하나의 이야기 속에 다른 이야기가 포함되어 있는 구성입니다. 보통 바깥 이야기에서 시작하여 내부의 진짜 이야기로 들어가지요.《배따라기》,《구운몽》,《허생전》등이 있어요.

* 복선

소설이나 희곡 등의 서사 장르에서 뒤에 발생할 사건에 대한 암시를 미리 넌지시 깔아 두는 것을 말합니다. 결정적이고 중요한 사건들이 아무 이유도 없이 우연을 남발하며 발생한다면, 아마 독자는 개연성 없는 전개에 흥미를 잃어버릴 거예요. 그렇다고 이제부터 벌어질 사건의 이유를 사건 직전에 허겁지겁 설명한다면, 이번에는 너무 뻔한 구성에 김이 새겠지요. 독자의 주목을 받지 못하도록 앞부분에서 슬쩍 던져둔 어떤 단서가 알고 보니 나중에 벌어질 중대한 사건의 원인임을 깨닫는 순간 독자는 짜릿한 반전의 쾌감을 느끼게 됩니다. 이것이 복선이 노리는 효과입니다.

* 해학, 풍자

해학은 사건이나 현실을 우스꽝스럽게 표현하는 것을 말해요. 주어진 사실을 과장하거나 왜곡해서 웃음을 유발하는 것이지요. 어리석은 대상을 따뜻한 시선으로 바라보되 조금 모자라게 묘사하여 동정적 웃음을 일으키는 방법이에요. 김유정의 소설들은 해학미가 두드러진 우리 문학의 대표 작품이라 할 수 있어요. 장인은 멋대로 부려먹고, 점순은 이유 없이 괴롭혀도 왜 그런 일이 벌어지는지 도통 알지 못하는 《봄봄》의 '나', 집요하게 제 닭을 괴롭히는 점순의 양가적 마음을 짐작하기에는 너무 눈치 없는 《동백꽃》의 '나.' 이처럼 순박하고 어리석은 인물이 자아내는 따뜻한 웃음이 해학의 효과입니다.

풍자 역시 사회 현상이나 사람으로 웃음이 유발되지만 그 대상에 대한 작가의 태도는 부정적이고 공격적입니다. 이 부분이 해학과 다른 점이에요. 해학의 웃음이 따뜻한 동정의 웃음이라면 풍자의 웃음은 냉소라 할 수 있어요. 그래서 풍자 대상은 주로 권위를 지닌 인물들이에요. 겉으로 엄숙한 척하는 권력자들이 그 실상을 파헤치면 부도덕하고 어리석다는 것을 돌려 말하기 방법으로 폭로하여 독특한 통쾌함을 유발하는 것이 풍자 방법입니다. 박지원이나 채만식은 주인공의 어리석음을 비꼬는 풍자적 소설을 많이 썼어요.

* 여정, 견문, 감상

기행문은 여행에 대한 기록이에요. 집이 아닌 곳에서 경험한 색다른 감상을 1인칭 고백의 형식으로 쓴 수필이 기행문이지요. 좋은 기행문을 읽으며 독자는 가 보지 않은 공간을 간접적으로나마 충실하게 경험할 수 있습니다. 단순히 사실적 정보만 업무일지처럼 나열한다면 그것은 기행문이 될 수 없어요. 좋은 기행문에는 세 가지 요소가 조화롭게 드러나야 하지요.

먼저 '여정'은 언제, 어디를 다녔는지, 즉 여행의 객관적 일정을 말해요. 여정이 명확하지 않으면 독자는 작가의 경험을 따라가기 어렵겠지요. 그와 더불어 그곳에서 글쓴이가 본 것, 들은 것이 무엇인지를 생동감 있게 표현한다면 독자는 가 보지 않은 곳도 마치 가 본 것처럼 공감하게 됩니다. 이 보고 들은 것이 '견문'입니다. 마지막으로 글쓴이가 이 여행으로 느낀 '감상'이 잘 표현되어야 좋은 기행문이 되겠지요.

* 객창감

낯선 장소를 여행하던 기행문의 화자가 안락한 집이나 정든 고향처럼 친숙한 것들을 그리워하는 감정을 객창감이라고 합니다. 객창은 나그네가 잠시 머무는 거처를 의미하는 옛말이에요. 기행문에는 여행지에서 보고 들은 새로운 경험도 담기지만, 길손의 객창감이 드러나 기행문만의 쓸쓸하고 독특한 미감을 만들어 내지요.

* 만연체(덩쿨 만蔓, 넘칠 연衍), 간결체(간략할 간簡, 깨끗할 결潔)

만연은 식물의 줄기가 여기저기 넘쳐서 뻗는 것을 말해요. 글을 쓸 때 하고 싶은 말을 길게 늘여서 자세하게 풀어놓은 스타일을 만연체라고 합니다. 반복하고, 장황하게 설명하고, 꾸며 주는 말도 긴 스타일이죠. 정보는 충분하게 전달할 수 있을지 몰라도 지루하고 문장의 긴밀함은 떨어져요.

  반대로 간결체는 문장 길이가 짧고 간단하여 내용을 명쾌하게 전달하는 스타일을 말해요. 해야 할 말을 선택해 압축적으로 표현하다 보니 선명한 느낌을 주지만 자칫 잘못하면 너무 무미건조하게 느껴질 수도 있지요.

* 강건체(굳셀 강剛, 굳셀 건健), 우유체(넉넉할 우優, 부드러울 유柔)

강건체는 굳세고 거침이 없으며 웅장하고 힘찬 느낌을 주는 문체예요. 소설에서는 거의 볼 수 없는 글쓰기 스타일이지요. 주로 연설문이나 논설문에 많이 사용됩니다. 독립 선언문은 강건체의 대표적인 글이라 할 수 있어요. 반대로 우유체는 부드럽고 우아한 문체예요. 감상적인 표현이 많고, 완곡하게 돌려 말하며, 읽는 사람이 문장의 아름다움을 느낄 수 있죠. 소설, 동화, 수필 등에 많이 쓰여요.

* 문어체, 구어체

우리가 현재 일상에서 쓰는 말투와 다르게 옛 시대 말투가 사용되는 문체를 문어체(文語體)라고 해요. 1894년 갑오개혁 이전에는 주로 한문이 중심이 된, 글만을 위한 문체가 따로 있었어요. 입말과 글말이 다른 언어의 이중생활을 한 셈이죠. 그 뒤 언문일치가 이루어져 일상 회화에서 쓰는 말투를 그대로 글에서도 사용하게 되었는데, 이를 구어체(口語體)라고 합니다.

* 선경후정(먼저 선先, 경치 경景, 뒤 후後, 마음 정情)

한시를 쓰는 대표적 법칙이에요. 시를 쓸 때 자연이나 경치를 먼저 묘사하고 나서 뒤이어 자신의 감정을 드러내는 방법이지요. 다음 시는 아주 유명한 두보의 〈절구〉입니다.

> 강물이 푸르니 새는 더욱 희고
> 산이 푸르니 꽃은 불타는 듯하구나.
> 올 봄도 보니 또 지나갔는데
> 어느 때가 돌아갈 해인가.

앞의 두 줄에는 평범한 봄날의 경치를 말하고, 뒤의 두 줄에는 그 경치를 보면서 오랫동안 돌아갈 수 없었던 고향을 떠올리고, 그곳을 애절하게 그리워하는 마음을 담았어요. 선경후정의 방식은 한시뿐만 아니라 고대 시가인 유리왕의 〈황조가〉에서 현대시까지 두루 이어지고 있지요.

* 전형적 인물, 개성적 인물

고대 소설의 인물들은 자기만의 고유한 개성이나 내면을 지니기보다 인물이 속한 계층이나 역할의 특징을 노골적으로 드러낼 때가 많아요. 이러한 인물을 전형적 인물이라고 합니다. 예를 들어 충신, 열녀, 간신, 벼슬아치, 악인, 효녀, 반역자 등 한 번 인물의 정체가 규정되면 이후로는 모든 말과 행동이 그 규정에 맞추어 통일되는 것이지요.

춘향이는 열녀, 심청이는 효녀, 흥부는 착하고, 놀부는 탐욕스럽다고 고정하는 것이 전형적 인물의 존재 방식이에요. 하지만 처음부터 끝까지 완벽하게 사악하거나 무슨 일이 있어도 한결같이 착한 인간은 현실에서는 찾아보기 어렵지요. 다른 사람과 구별되는 개인의 개성과 사고방식, 심리 상태를 드러내는 인물은 개성적 인물이라고 합니다. 현대 소설의 인물들은 대부분 개성적 인물이에요.

착한 흥부   탐욕스러운 놀부

* 패관(稗官) 문학

우리가 지금 익숙하게 읽는 소설이라는 장르는 예전부터 존재하던 것은 아니었어요. 소설과 비슷한 이야기 글들이 조금씩 변모하여 근대의 소설이 되었지요. 고려 시대의 이야기 장르로는 패관 문학과 가전체가 있어요. 패관은 원래 중국 한나라의 벼슬 이름이었어요. 임금이 민심을 읽기 위해 거리에 떠도는 소문을 모아 기록하도록 했는데, 그 일을 하던 관리가 패관이었죠. 그 후 뜻이 점점 확장되어 나중에는 이야기를 지어내는 사람도 패관이라고 했어요. 그들이 엮은 거리의 이야기에 재미와 창의성이 덧붙여져 하나의 산문 문학을 이룬 것이 패관 문학입니다. 패관 문학은 가전체를 거쳐 근대와 현대의 소설 문학으로 이어지게 되지요.

* 가전체

고려 중기 이후 발전한 소설 형식의 문학이에요. 가전(가짜 가假, 전기 전傳)은 가짜 전기문이라는 뜻이지요. 사물을 마치 사람처럼 의인화해서 그것에 대한 생애와 업적을 전기문처럼 쓴 글이에요. 돈(《공방전》), 술(《국순전》, 《국선생전》), 종이(《저생전》), 대나무(《죽부인전》)처럼 사람과 가까운 평범한 사물을 소재로 그들의 일생을 적어 나가면서 인간의 어리석음을 경계하고 올바른 삶의 자세를 권유하지요. 창의적이고 독창적인 가전체는 설화에서 소설로 이어지는 중간 다리 역할을 한다는 점에서 문학사적으로 매우 의미가 깊어요.

* 권선징악(권할 권勸, 착할 선善, 징계할 징懲, 악할 악惡)

착한 일을 권하고 악한 일을 벌한다는 뜻이에요. 착한 주인공은 복을 받아 행복해지고, 못된 악당은 벌을 받아 파멸되는 것이 우리 고전 소설의 공통점인데, 이러한 주제 의식을 권선징악이라고 합니다.

김만중의 소설 《사씨남정기》에서 정부인 사씨는 덕이 많은 현모
양처이고, 첩인 교씨는 간교하고 사악한 여인으로 묘사되지요. 작품
결말에서 교씨는 처형당하고 사씨는 행복을 되찾습니다. 흥부는 부
자가 되고 놀부는 망하지요. 콩쥐는 원님과 결혼하고 팥쥐는 벌을
받아요. 심청이는 왕비가 되고 뺑덕어미는 혼이 납니다.

　고전 소설은 이렇게 선이 악을 이기는 주제로 사람들에게 삶의 교
훈을 주고자 했어요. 고전 소설뿐만 아니라 현대의 많은 드라마나
영화도 권선징악의 결말로 사람들에게 카타르시스를 선사하지요.

* 서얼(서자 庶, 얼자 孽)

고전 소설에는 종종 서얼이라는 신분 때문에 등장인물이 괴로움을
겪는 내용이 있어요. 서얼이란 서자와 얼자를 합쳐 하나의 신분처럼
부르던 말이에요. 아버지가 양반인 것은 같지만 서자(庶子)는 어머
니가 양인인 첩의 자식, 얼자(孽子)는 어머니가 천인인 첩의 자식입
니다.

　조선은 성리학적 명분을 중요시한 사회라 서얼들은 사회에서는
물론이고 가장 가까운 가족들에게서마저 차별을 받았어요.《홍길동
전》에는 아버지를 아버지로 부르지 못하는 서얼의 서러움이 표현되
어 있습니다. 서얼은 과거조차 볼 수 없게 법으로 금지했지요. 고전
문학을 읽을 때 유념할 것이 하나 있어요. 까마득한 과거의 일이기
에 역사책처럼 그때는 그랬구나 하고 넘어가면 안 된다는 거예요.

　비록 신분 제도가 없는 현재 기준에서는 납득하기 어려운 내용이
지만, 그 시대를 살아가는 등장인물의 생각과 감정을 상상해 보면

영 이해하기 힘든 것만은 아닙니다. 태어나 보니 서자이고, 제 잘못도 아닌데 평생 이유 없는 냉대와 멸시에 시달리고, 노력한다고 바꿀 수도 없는 그 암담한 현실을 생각해 보면 주인공이 느끼는 절망과 분노와 슬픔을 조금은 공감할 수 있을 것입니다.

문장이나 단어가 예스러워서 읽기도 쉽지 않지만, 고전 문학 역시 누군가의 삶을 다룬 예술 작품이라는 사실을 잊지 마세요. 시험에서도 현대 문학과 섞어 감상 능력을 묻는 문제가 많이 출제됩니다.

* 자규

자규는 새 이름이에요. 접동새, 두견새, 불여귀, 귀촉도 등 여러 가지 이름으로 불려요. 고전 문학에 아주 많이 등장하는 새입니다. "이화에 월백하고 은한이 삼경인제/일지춘심을 자규야 알랴마는/다정도 병인 양하여 잠 못 들어 하노라." 이조년의 유명한 시조에도 '자규'가 출연하고, 고려 가요 〈정과정〉에도 "내 님을 그리워 우는 것이 산 접동새와 내가 비슷합니다."로 접동새가 등장하죠. 서정주는 아예 〈귀촉도〉라는 시를 쓰기도 했어요.

고전 문학에서 자규는 그 울음소리가 슬퍼서 한이나 슬픔의 정서를 대신하는 소재로 많이 활용됩니다. 중국 촉나라 망제의 넋이라는 전설도 있어요. 고향에 돌아가지 못하는 망제의 슬픔을 대신해서 접동새가 목에서 피를 토할 때까지 처절하게 운다는 사연이지요. 고전 문학에서 어떤 소재는 관습적 장치로 사용되기도 해요. 고전 문학에서 자규, 두견새, 귀촉도, 접동새 등이 등장하면 그 시어는 자동으로 슬픔과 한의 정서와 연결된다고 생각하면 됩니다.

1. 아래에 설명된 의미의 어휘를 써 보시오.

의미	어휘
1. 트집을 잡아 지나치게 많이 따지고 듦.	
2. 속된 티가 없이 맑고 아름답다.	
3. 더 높은 단계로 오르기 위하여 어떠한 것을 하지 아니하다.	
4. 듣는 사람의 감정이 상하지 않을 정도로 모나지 않고 부드럽다.	
5. 지세가 작전하기에 유리하게 되어 있어 군사적으로 아주 중요한 장소.	
6. 옷 따위가 낡아 해지고 차림새가 너저분하다.	
7. 참기 힘들 정도로 심한 모욕.	
8. 여러 가지 전후 사정을 고려하여 생각하다.	
9. 학식과 견문이라는 뜻으로, 사물을 분별할 수 있는 능력을 이르는 말.	
10. 돌보거나 간섭하지 않고 제멋대로 내버려두다.	
11. 소, 양 따위의 짐승이 한번 삼킨 음식을 게워 내어 다시 씹다. 지나간 일을 되풀이하여 기억하고 음미하다.	
12. 공경하면서 두려워하다.	
13. 무엇에 홀려 마음이 흐려지게 하다.	
14. 남을 깎아내려 헐뜯다.	
15. 어떤 일을 이루기 위하여 서로 의논하고 절충함.	
16. 애달파 처량하고 슬프다.	
17. 남몰래 비밀스레 이야기함.	
18. 서로 이기려고 다투거나 경쟁을 하는 곳.	
19. 남의 물건이나 명의를 몰래 씀.	
20. 마음속에 품고 있는 생각이나 감정 따위를 다 드러내어 말함.	

2. 다음 뜻에 알맞은 순우리말로 이루어진 어휘를 서로 연결하시오.

① 시나브로   싸늘하고 스산한 기운이 있다.

② 여의다   모르는 사이에 조금씩 조금씩.

③ 갈무리   처음으로 물건을 파는 일이나 거기서 얻은 소득. 처음으로 부딪는 일.

④ 을씨년스럽다   부모나 사랑하는 사람이 죽어서 이별하다.

⑤ 마수걸이   물건 따위를 잘 정리하거나 간수함. 일을 처리하여 마무리함.

3. 다음 예문에 알맞은 관용적 표현을 아래에서 찾아 적어 보시오.

① 그녀에게 고백한 후 답문자를 기다리는 그 시간은 (　　　) 같았다.

② 늦은 밤 골목에서 누가 따라오는 기척이 들려서 나도 모르게 (　　)

③ 기껏 광클로 티켓을 예매했는데, 이제 와서 (　　　) 약속을 어기다니!

④ 태풍 때문에 (　　) 공항에서 하룻밤을 꼬박 대기했어.

> 일각 여삼추, 딴죽을 걸다, 안면을 바꾸다, 오금이 저리다, 발이 묶이다

4. 개념어의 정의를 생각하며 빈칸에 알맞은 한자의 음과 뜻을 쓰시오.

① 수미상관 首(　　) 尾(　　) 相(　　) 關(　　)

    – 머리와 꼬리가 서로 상관되는 방법이라는 뜻으로, 시의 처음과 끝에 같은 구절을 반복하여 배치하는 기법.

② 감정이입 感(　　) 情(　　) 移(　　) 入(　　)

- 시에서 화자의 감정을 대상에 넣어서 마치 대상이 그렇게 느끼고 생각하는 것처럼 표현하는 방법.

③ 권선징악 勸(　　) 善(　　) 懲(　　) 惡(　　)

- 착한 일을 권장하고 악한 일을 징벌함.

④ 선경후정 先(　　) 景(　　) 後(　　) 情(　　)

- 시에서 앞부분에 자연 경관이나 사물에 대한 묘사를 먼저 하고 뒷부분에 자기감정이나 정서를 그려 내는 구성.

⑤ 가전체 假(　　) 傳(　　) 體(　　)

- 사물을 의인화하여 전기 형식으로 서술한 고려 중기의 산문 문학 양식.

5. 다음의 글자들을 조합하여 뜻풀이에 알맞은 개념어를 쓰시오.

복	객	서	분	결	대	동	자	조	수	동	선
풍	운	얼	성	익	연	시	점	개	윤	창	감

① (　　　　　) - 실제로 일어날 법한 일을 다루는, 문학의 보편성을 가리키는 개념.

② (　　　　　) - 문학 작품 따위에서 현실의 부정적 현상이나 모순 따위를 빗대어 비웃으면서 씀.

③ (　　　　　) - 본부인이 아닌 여자나 첩에게서 난 아들과 그 자손.

④ (　　　　　) - 소설이나 희곡 등에서 앞으로 발생할 사건에 대하여 그에 관련된 일을 미리 넌지시 비쳐 보이는 일.

⑤ (　　　　　) - 나그네가 여행하면서 느끼는 낯선 감정이나 집에 대

한 그리움.

6. 설명에 해당하는 개념어를 다음에서 찾아 쓰시오.

> 시적 허용, 의식의 흐름, 전형적 인물, 역설, 함축성, 구성(플롯)

① 문학에서 미리 규정된 한 사회의 집단적 성격을 대표하며 성격의 보편성을 드러내는 인물.

② 논리적으로 이치에 어긋나며 모순된 표현 방식.

③ 인물과 사건들을 원인과 결과, 시간의 흐름 등과 섞어서 긴밀하게 작품을 엮어 내는 것.

④ 시에서만 특별히 허용하는 비문법성, 띄어쓰기나 맞춤법에 어긋나는 표현.

⑤ 시에서 하나의 단어가 사전에 풀이된 의미 이외에 다양한 의미를 내포하는 것.

*정답은 246쪽에 있습니다.

3부

사회 과목 개념어

문해력은

다

뷔페식당의 앞접시다

큰 접시에 많은 요리를 담을 수 있듯이
정신의 양식도 문해력의 크기만큼만 품을 수 있어요.

게임 아이템이다

문해력 게이지가 올라가면 거친 세상과 맞설 수 있는
공격력과 방어력의 파워도 커져요.

대학생만 되면 '고생 끝, 행복 시작'이라고 들었는데, 완전히 속았다. 수업도 따라가기 힘들고 시험도 어려운 데다 과제도 엄청나다. 교수님은 쉬운 말도 어렵게 하시고, 시험에서는 어이없게 객관식이 사라졌다. 시험 문제는 몇 줄 안 되지만 채워야 할 빈 답지는 많다.

공부한 내용과 내 생각을 섞어서 답지를 채워야 하는데 눈앞이 캄캄하다. 수업 내용은 정돈이 안 되고, 원래도 없던 내 생각은 아예 연기처럼 사라졌다. 공부 좀 해 볼까 하고 전공 책을 폈지만 전혀 읽을 수 없었다. 원서도 아닌데 읽을 수 없다니 이거 실화냐? 자존심이 상해서 눈을 부릅뜨고 다시 도전했지만 결국 실패했다. 하얀 것은 종이고 까만 것은 글자일 뿐 내용을 따라가는 것은 불가능했다.

처음에는 공부하라고 간섭하는 사람이 없어서 신이 났다. 그런데 중간고사 기간이 가까워지니 불안해졌다. 다음 주까지 제출해야 하는 리포트와 조별 발표가 가장 큰 문제다. 시험은 나 혼자 망하면 그만이지만 리포트와 발표는 내가 맡은 파트를 망치면 우리 조 친구들도 모두 망친 점수를 받게 된다. 그건 생각만 해도 너무 비참하다.

혹시 고등학교 때처럼 자습서가 있나 하고 학교 구내 서점에 물었더니 직원이 표정으로 욕을 한다. 내가 톰 크루즈도 아닌데, 어째서 교수님은 이렇게 불가능한 미션을 주시는 걸까? 대학생만 되면 매일 먹고 놀아도 된다고 말한 사람 도대체 누구야?

명칭에 대한 개념어:
한자의 의미를 이해한 뒤에 외우세요

지리, 경제, 법률, 정치 등과 같은 분야에서 다루는 용어는 일상생활에서는 쓰지 않는 전문적 개념들이기 때문에 대충 끼워 맞춰 상상하면 낭패를 볼 수 있어요. 전문 용어는 대부분 특별한 상황을 설명하기에 반드시 정확한 정의를 짚고 넘어가야 합니다. 얼핏 들었을 때 단박에 뜻이 떠오르지 않는 용어들도 글자를 하나씩 해체하면 대강의 의미를 이해할 수 있기에 개념 전체를 받아들이기 쉬워져요. 다시 반복하지만 모든 용어는 한 글자씩 한자의 의미를 따져 보는 일을 제일 먼저 해야 합니다!

예를 들어 볼까요? '남동 임해 공업 지대'라는 단어를 통째로 빠르게 발음하면 접근하기도 막막하고 기억하기도 힘들어 보입니다. 하지만 글자를 하나씩 떼어서 뜻을 따져 보면 의외로 간단합니다. 남동쪽에, 바다를 접하고 있는(임해), 공업이 발달한 지역이라는 평범한 단어가 되는 것이지요. 암호 같았던 말이 비밀을 벗고 정체를 드러내는 순간입니다. 거기서 출발하여 옵션을 추가하듯 조금씩 개념을 넓혀 봅시다. 바다를 접한 남동쪽은 구체적으로 어디일까요?

우리나라의 남동 임해 지역은 영일만에서 광양만에 이르는 해안 지대입니다. 부산, 포항, 울산, 여수와 같은 도시가 여기에 포함됩니다. 그런데 잠깐, 여수나 포항이 어디인지 지도에서 바로 찾을 수 있는 사람? 광양만과 영일만이 어디인지 아는 사람? 뭐가 필요할까요? 바로 지도입니다. 지리 공부를 할 때는 아예 책상에 앉기 전에 지리 부도를 가져다 놓고 시작하는 것이 좋습니다.

남동 임해 공업 지대에 속하는 지명을 우리나라 지도에서 찾아보고 시각적으로 위치까지 확인하면 그 지식은 이제 영원히 내 것이 됩니다. 지도를 보며 자기 자신에게 물어보세요. 왜 바다를 접한 곳에 공업 지대가 발달한 걸까요? 상품의 수출과 수입이 유리한 항구가 거기에 있기 때문입니다.

이처럼 사회 과목의 명칭은 이름 하나로 시작하여 꼬리에 꼬리를 물며 개념을 확장할 수 있습니다. 이 세상에 암기만 하면 되는 과목은 없습니다. 암기 과목이라는 말은 암기로 다 해결될 과목이라는 뜻이 아니에요. 먼저 이해하고 암기는 지식을 정돈하는 단계 혹은 정말로 그냥 외우는 수밖에 별도리가 없는 몇몇 단어에서나 써먹을 요령입니다.

* 본초 자오선

자오선이라는 표현은 12지로 방위를 나타낼 때 자(子)가 북쪽, 오

(午)가 남쪽인 것에서 유래했습니다. 쉽게 말해 지구의 북극에서 남극으로 길게 그은 상상의 선입니다. 이론적으로는 지구상에는 무수히 많은 자오선이 존재하겠지요. 그중에서도 가장 첫 번째 자오선을 본초 자오선이라고 합니다. 본초(本初)는 맨 처음이라는 뜻이지요. 1884년에 영국 그리니치 천문대를 지구 경도의 기준점인 본초 자오선으로 정했습니다. 본초 자오선을 기준으로 지구는 15° 간격으로 24개 표준 시간대를 표시합니다. 우리나라는 본초 자오선에서 9시간 차이가 납니다.

* 백두 대간

대간(大幹)은 큰 줄기라는 뜻이에요. 북쪽의 백두산에서 시작하여 남쪽의 지리산에서 끝나는 한반도의 큰 산줄기를 백두 대간이라고 합니다. 백두 대간은 지질학의 개념인 '산맥'과는 조금 달라요. 산맥은 땅 모양이 형성되는 오랜 시간 비슷한 시기에 비슷한 원인으로 생겨난 산들의 집합체를 말합니다. '산줄기'는 높이가 비슷한 산들을 선으로 연결하여 지역의 경계로 표시하는 개념이지요.

백두 대간은 18세기 실학자 신경준의 《산경표》 내용을 기반으로 합니다. 산경(山經)은 산줄기라는 뜻이에요. 저자는 한반도의 산들을 족보 서술 방식으로 줄기를 나눠 정리했어요. 하천과 더불어 백두 대간은 우리 민족의 생활과 문화의 경계선을 이루는 중요한 근간이 되었습니다.

* 배타적 경제 수역

바다는 누구 것일까요? 국가에 속한 땅을 영토라 하듯이 국가에 속한 바다는 영해라고 합니다. 보통 해안을 중심으로 12해리까지가 영해에 해당해요. 해리(海里)는 항해나 항공에서 사용하는 길이의 단위로 1해리가 위도 1분(1°의 1/60)에 해당하며 1,852m입니다. 영해가 끝나는 바깥쪽 기준선을 기선(基線)이라 하고, 그 기선에서 200해리 정도의 바다를 배타적 경제 수역이라고 해요. 그곳은 연안국(영토의 가장자리 일부가 강, 바다, 호수 따위에 잇닿아 있는 나라)의 영해는 아니지만 자원의 개발이나 어업 활동과 같은 경제적 권리는 연안국에만 배타적으로 주어집니다.

* 주상 절리

주상(柱狀)은 기둥처럼 생겼다는 뜻이에요. 절리(節理)는 암석의 갈라진 틈이고요. 주상 절리는 육각형의 기둥이 교차하면서 갈라진 틈이 드러나는 것입니다. 화산이 폭발하여 용암이 분출되면 점점 바깥부터 식으면서 수축이 일어나요. 냉각된 표피를 뚫을 수 없는 용암은 안으로만 응축되며 육각형 기둥을 만들고, 갈라진 틈은 침식 작용으로 세월이 흐를수록 더 벌어지게 됩니다. 우리나라에서는 철원의 한탄강 유역과 제주도 해안의 주상 절리가 유명해요.

* 인구 부양력

부양(扶養)이라는 말은 일상에서도 많이 씁니다. 누군가를 돌본다는 뜻이지요. 인구 부양력은 한 국가가 자국 국민을 돌볼 수 있는 능력을 말해요. 다시 말해 어느 국가에서 그 나라의 사용 가능한 모든 자원을 다 써서 전 인구의 생활을 유지하게 하는 능력이 인구 부양력입니다. 만약 국가 자원을 총동원해도 자국 인구를 감당할 수 없다면, 이는 국가 능력에 비해 식솔이 너무 많은 상태, 즉 인구 과잉이 되는 것이지요. 인구 과잉 상태에서는 국민 생활의 질이 떨어지고 국민이 기아와 빈곤과 같은 고통을 겪게 됩니다.

* 기반 시설

기업이 어떤 물건을 만들려면 현금이나 공장, 시설, 원료 등과 같이 생산 과정에 직접 투입되는 '직접 자본'이 필요해요. 한편 제품의 생산 과정에 꼭 필요하긴 해도, 기업에서 직접 설치 비용을 지불하지 않아도 되는 시설이 있어요. 도로, 철도, 항만, 통신, 전력 등과 같은 것들이지요. 이런 시설은 기업뿐 아니라 개인도 일상을 살아가기 위해서 꼭 필요하지요. 이처럼 경제 활동의 기초 조건을 구성하는 자본 시설을 기반 시설, 다른 말로는 인프라라고 합니다.

* 유전자 조작 식품

DNA 재조합 기술 등과 같은 유전 공학 기술을 이용해 한 생물체 속에 다른 생물의 유전자를 끼워 넣어 새로운 성질을 갖도록 변형하거나 조작해 만든 식품을 말합니다. 해충에 저항성이 높은 옥수수, 비타민 A 결핍을 막는 황금쌀, 오메가-3를 생산하는 돼지, 빠르게 자라는 연어 같은 것이 대표적이에요.

이들은 상품의 질을 높이거나, 경작하기 편하게 하려는 목적으로 많이 생산합니다. 미래 사회의 식량 문제를 해결할 대안이라는 기대도 있지만 인체에 해롭고 생태계를 교란한다는 우려도 있어 찬반 논란이 계속되고 있지요.

* 이익 사회

독일의 사회학자 페르디난트 퇴니스(Ferdinand Tönnies)는 사람의 결합 의지를 기준으로 사회 집단을 분류했어요. 즉 개인이 그 집단을 만들 의도가 있는지 아닌지에 따른 분류법이지요. 그중에서 스스로 집단을 만들고 싶은 사람들의 '선택 의지'로 형성된 사회 집단이 '이익 사회'예요. 구성원 각자가 자신에게 어떤 이익이 될 거라는 생각에 자발적으로 모인 집단이라는 거지요.

집단은 공식적으로 기대하는 목적이 사라지면 해체되므로 일시적으로 존재합니다. 회사, 정당, 그 밖에 현대의 많은 인위적 집단이 모두 여기에 해당합니다. 반대로 사람들의 선택 의지가 아니라 '본질 의지'로 만들어진 사회를 '공동 사회'라고 해요. 태어나 보니 속하게 된 집단을 말하지요. 가족, 민족과 같은 전근대적 사회가 공동 사회입니다.

* 준거 집단

준거(準據)는 기준이라는 의미예요. 가령 누군가가 '나는 술을 마시지 않겠다. 왜냐하면 미성년인 학생이기 때문이다.'라고 생각한다면 그의 준거 집단은 '학생'이 됩니다. 사람들 마음속에는 자신이 동일시하는 어떤 집단이 있어서 평소 그 집단의 규범을 자연스럽게 따르며 살아갑니다. 자신이 속한 집단은 하나가 아니지만 보통 자신이 가장 선호하는 집단이 준거 집단이 되어 삶에 큰 영향을 받습니다. BTS 팬클럽 아미의 회원들은 그들만의 소속감을 느끼며 그 집단의 가치관에 큰 영향을 받지요. 아미는 그들에게 중요한 준거 집단이 되는 셈이에요.

* 문화 상대주의

상대주의는 모든 진리나 가치가 상대적이라는 의미입니다. 이 사람은 키가 큰가? 이 질문에 대한 정답은 없습니다. 비교 대상이 누구인지에 따라 클 수도 작을 수도 있지요. 문화 상대주의는 세계의 각 문화가 독특한 역사적·환경적·사회적 상황에서 형성되었기에 각기 나름의 가치와 존재 이유가 있다는 관점입니다. 어떤 것이 옳거나 우월하고, 다른 것이 틀리거나 열등하지 않다는 것이지요.

이슬람 문화에서 돼지고기를 금지하고, 인도에서 소고기를 먹지 않는 것을 각자 맥락에서 이해해야 한다는 관점입니다. 자기 문화만 우월하다고 여기고 타민족 문화는 배척하는 것을 '자문화 중심주의'라고 해요. 중국이 세계의 중심이고 가장 우월하다고 믿는 '중화사상(中華思想)'은 자문화 중심주의의 대표적 사례입니다.

* 대중 매체

매체는 한쪽에서 다른 쪽으로 무언가를 전달하는 수단이에요. 대중 매체는 다수에게 여러 정보를 전달하는 매개체를 말합니다. 신문, 잡지, 라디오, 텔레비전, 인터넷 등 사람들이 정보나 소식을 접할 수 있는 모든 수단이 대중 매체이지요. 현대 사회에서는 정보가 공유되는 속도가 빨라지고 사람들이 정보를 활용하는 정도가 높아져 대중 매체의 중요성이 예전보다 월등히 커졌어요. 정보가 곧 경제력이라고 할 정도로 현대인은 정보를 생산하거나 소비하는 행위를 활발히 합니다.

신문, 잡지 등의 인쇄물이나 라디오, 텔레비전 같은 기존의 전자 매체는 정보 흐름이 일방적이어서 정보를 생산하는 사람과 소비하는 사람이 명확히 구분되었어요. 그러나 인터넷의 발달로 이제는 대중이 정보의 소비자뿐만 아니라 생산자도 될 수 있고, 원하는 정보를 선별적으로 수용할 수도 있게 되었지요. 이러한 쌍방향 매체를 '뉴미디어'라고 합니다.

인간은 태어날 때부터 하늘이 준(天 하늘 천, 賦 줄 부) 기본적 권리를 지니고 있다는 사상입니다. 자유와 평등과 행복을 추구하는 인간의 자연권은 하늘에서 내려 주었기에 아무리 국가라 해도 함부로 침

해할 수 없다는 생각이지요. 18세기 유럽에서 시민 계급이 성장하며 처음 대두되었어요. 인간을 귀족과 천민으로 나누고 차별을 당연시하던 신분 사회에서는 감히 꿈도 꿀 수 없었던 발상이었지요. 천부인권 사상은 근대적 시민 혁명의 철학적 배경이 되었고, 이후 대부분 입헌 국가에서 기본적 인권 보장의 내용으로 성문화되었어요.

* 사회 계약설

지금 우리는 당연하게 여기는 국가라는 개념이 처음에 어떻게 생겨났는지를 밝히는 학설이에요. 국가가 없던 시절에는 사람들이 각자 본능에 따라 행동했기에 사회에는 혼란과 무질서가 극심했고, 결국 이 문제를 해결하려고 구성원들이 자유로운 합의로 만든 개념이 국가입니다. 통치자와 국민이 계약을 하고, 이 계약에 따라 국가는 권력을 갖는 대신 국민의 자유와 평등을 보호하는 의무를 이행한다는 것이지요.

사회 계약설에 따르면 국가가 국민의 자유와 권리를 침해한다면 국민이 국가 권력을 제한하거나 바꿀 수 있습니다. 사람들이 국가에 자신의 권리를 빌려주었기 때문이지요. 사회 계약설은 절대 왕정의 문제점이 노출되던 17세기 이후 크게 유행했어요. 홉스, 로크, 루소 등은 사회 계약설을 주장한 대표적 학자입니다.

* 정당

공직자를 뽑는 선거가 시작되면 다양한 후보가 자신이 속한 당의 이름을 걸고 유세를 합니다. 그중에는 소속 당이 없는 무소속 후보도 있지요. 유권자는 누구를 뽑을지 고민할 때 후보자 개인의 능력과 더불어 그가 속한 정당을 기준으로 삼기도 합니다. 정당은 정치적으로 뜻과 목표가 비슷한 사람들끼리 만든 단체입니다. 정당의 목적은 정권을 획득해 자신들이 생각하는 정치적 이상을 실현하는 것이에요. 그 목표가 사적 이익이 아니라 공적 목적이기에 정당은 개별적 이익 집단과 성격이 다릅니다.

우리나라에서는 중앙 선거 관리 위원회에 등록해야만 정당을 만들 수 있어요. 정당은 시민의 대표를 배출하고, 정부 정책을 지지하거나 비판하는 방식으로 자기 목소리를 냅니다. 그러려면 적어도 둘 이상의 복수 정당이 서로 견제하고 경쟁해야겠지요. 복수 정당제는 민주주의의 필수 제도 중 하나입니다.

* 영유권

영유(領有)는 점령해서 차지한다는 의미예요. 영유권은 땅이나 바다 같은 일정한 영역에 대하여 어떤 국가가 지닌 주권이나 관할권입니다. 전 세계적으로 여러 나라가 다양한 곳에서 끊임없이 영유권 다툼을 벌였어요. 영유권 다툼은 보통 국가의 이익이나 영향력과 관계가 깊어서 쉽게 양보하거나 포기하기 어려운 경우가 많아요. 여러 곳에서 영유권 분쟁이 끊이지 않는 것도 이런 이유이지요.

인도와 파키스탄은 카슈미르 지역을 놓고 영유권 다툼을 벌이고 있고, 쿠릴 열도나 카스피해를 두고도 여러 나라가 서로 권리를 주장하고 있지요. 일본도 독도에 대한 터무니없는 영유권을 주장하며 우리나라를 계속 도발하고 있어요.

* 실체법, 절차법

실체법은 법 주체(원고, 피고 등) 사이의 관계, 즉 권리나 의무의 각 세부 사항에 대한 실질적 내용을 규정한 것입니다. 민법, 상법, 형법 등이 이에 속해요. 절차법은 실체법에서 제시하는 권리나 의무를 실제로 구현하려면 어떤 절차와 방법으로 해야 하는지를 규정한 법이에요. 민사 소송법, 형사 소송법, 부동산 등기법, 호적법 등이 있습니다. 예를 들어 실체법인 형법은 범죄의 종류와 처벌 방법 등을 정하고, 형사 소송법은 형사 사건에 대하여 수사를 진행하고, 공소를 제기하고, 재판하고, 선고된 형벌을 집행하기까지 전 과정에 대한 법을 제시합니다.

* 원고, 피고

"피고에게 징역 3년을 선고한다." 법정 드라마에서 피고는 주로 죄를 지어 벌을 받는 사람으로 등장하지요. 하지만 피고는 단순히 '소송을 당한 사람'이라는 의미입니다. 소송은 법률적 판결을 법원에 요구하는 행위예요. 즉 어떤 사람이 누군가를 대상으로 법적 다툼을 원하고 법적 판결을 요구할 때, 소송을 원하는 사람을 원고, 소송을 당한 사람을 피고라고 하는 것이지요. 형사 소송에서 재판을 요구하는 사람은 검사입니다. 그러므로 검사가 원고이고, 범죄가 의심되는 피의자(죄를 지었을 것으로 의심받는 사람)가 피고입니다.

민사 소송은 개인끼리 누가 누구에게 손해를 끼쳤는지를 다투는 재판이라서 소송을 건 사람이 원고이고, 소송을 당한 사람이 피고이지요. 행정 소송은 국가의 행정으로 자신의 권리가 침해되었다는 것을 밝히려는 소송이니 재판을 청구한 개인이나 법인이 원고이고, 피고는 처분을 한 행정 기관입니다.

* 재화, 용역

재화는 물건이라는 뜻입니다. 사람이 살아가는 데 필요한 것들 중 만질 수 있는 물건들을 재화라고 해요. 반드시 필요하지만 공기, 햇볕, 물과 같이 돈을 주고 사지 않아도 되는 것들을 공공재라고 합니다. 옷, 쌀, 책 등과 같이 필요하면 돈을 주고 사야 하는 물건은 경제재라고 하지요. 사회 과목에서 흔히 말하는 재화는 경제재를 의미해요.

한편 용역은 재화와 달리 만질 수 없는 것을 뜻합니다. 다른 말로 서비스라고 하지요. 즉 생산과 소비에 필요한 인간의 노동이 용역이에요. 선생님의 수업, 근로자의 일 등 개인이 남을 위해 행하는 모든 행동이 용역에 포함돼요. 택배로 물건을 주문했을 때 받은 물건은 재화이고, 그 물건을 배송해 준 택배 기사의 노동은 용역이지요.

* 기회비용

몹시 배가 고픈데 주머니에 5,000원밖에 없어요. 떡볶이도 먹고 싶고 햄버거도 먹고 싶지만, 둘 다 먹을 수는 없는 액수이지요. 고민 끝에 떡볶이를 선택했다면 햄버거를 먹으며 느낄 수 있었을 만족감은 사라지겠지요. 이처럼 하나를 선택함으로써 포기해야 하는 다른 가치 중에서 가장 큰 가치를 기회비용이라고 합니다. 어떤 것을 선택함으로써 다른 것을 누릴 '기회'가 박탈된다는 뜻이지요. 주말 동안 공부를 할지, 농구를 할지 고민하다가 농구를 택했다면 공부로 얻을 것이라 기대되는 가치가 바로 기회비용이 됩니다.

* 공정 무역

국가 사이에 무역을 하되 공정(公正)하게 해야 한다는 운동이에요. 공정은 공평하고 올바르다는 뜻입니다. 선진국 사람들이 아무 생각 없이 사용하는 상품 중에는 개발 도상국의 일방적 희생이나 그 나라 국민의 힘겨운 노동으로 생산된 것이 많다는 사실을 알고 있나요? 예를 들어 현대인이 매일 마시는 커피는 사실 아시아, 아프리카, 남아메리카와 같은 가난한 나라의 환경을 파괴하고, 그 나라 국민의 노동력을 착취해 생산되는 경우가 많아요.

공정 무역은 다국적 기업들의 이윤만 생각하지 말고 가난한 나라의 생산자와 노동자를 보호해야 한다는 윤리적 소비를 강조하면서 1950년대에 처음 대두된 개념이에요. 부의 편중, 환경 파괴, 노동력 착취, 인권 침해 같은 국제적 문제도 무역의 윤리성을 회복해서 해결해야 한다고 강조하지요.

* 기준 금리

금리(金利)는 빌린 돈에 대한 이자율을 말해요. 우리가 거래하는 시중 은행의 이자율은 중앙은행의 금리를 따라 오르내림을 결정하게 되는데, 중앙은행인 한국은행이 의도적으로 정한 금리를 기준 금리라고 합니다. 쉽게 말하면 기준 금리는 은행에서 적용하는 이자율의 기준이 되는 이자율입니다. 한국은행이 금리를 높이면 시중 은행 금리도 높아지고, 한국은행이 금리를 낮추면 시중 은행 금리도 낮아지는 것이지요. 예를 들어 나라 경제가 침체되면 중앙은행은 정책적으로 기준 금리를 낮춥니다. 그러면 국민은 은행에 돈을 맡겨도 이자율이 낮으므로 저축할 마음이 줄어들고, 그 결과 돈이 시장으로 풀리게 됩니다.

한편 은행에서 돈을 꿔도 이자율이 낮아 부담이 적기에 개인이나 기업은 대출을 일으켜 다양한 경제 활동을 시도하지요. 이자율이 낮으면 결국 돈은 시장으로 쏟아져 나오고 침체했던 경기가 회복됩니다. 반대로 기준 금리가 올라가면 높은 이자를 기대하며 저축이 증가하지요. 시장의 돈이 은행으로 몰리니 과도한 투자는 억제되고, 과열된 경기가 진정되며, 물가는 하락합니다.

2장 성질과 방법에 대한 개념어:
관련 사례를 함께 기억하고 '왜', '어떻게'에 답하세요

성질과 관련된 개념어는 그 말의 정의를 아는 것과 동시에 그 성질이 누구에게 혹은 어떤 것에서 드러나는지 사례도 같이 알아 두어야 합니다. 예를 들어 '편재성'이라는 성질은 한쪽으로 치우쳐서 존재한다는 의미입니다. 즉 어떤 것이 골고루 퍼져 있는 것이 아니라 특정한 장소에만 몰려 있다는 뜻이지요. 천연자원 매장 상황은 편재성을 보여 주는 대표적 사례입니다.

석유와 같은 중요한 자원이 나라마다 필요한 만큼 골고루 발굴된다면 얼마나 좋을까요. 그러나 석유 매장량은 절반 이상이 중동 지역에 쏠려 있습니다. 역사적으로 자원을 무기로 한 전쟁이 수없이 발생한 원인도 따지고 보면 원유 매장의 편재성 때문이지요. 이처럼 성질과 관련된 개념어는 반드시 그 사례를 함께 기억해야 합니다.

방법에 대한 개념어는 무엇을 '하는 과정'을 일컫는 말입니다. 얼마 전 널리 유행한 '달고나 커피'를 만든다고 해 봅시다. '방법'을 몰라서 동영상을 검색합니다. 여러분은 영상을 보면서 무엇에 집중하게 될까요? '어떻게' 해야 달고나 커피가 완성되는지가 핵심입니다. 이렇게 방법에 대한 개념어를 익힐 때는 '어떻게'나 '왜'에 대답할 수 있는지 떠올려 보세요.

예를 들어 볼까요? '염장'은 말 그대로 소금(鹽)에 저장(藏)하는 것입니다. 어떻게? 소금을 그대로 뿌리거나 소금물에 담그는 두 가지 방법이 있습니다. 왜? 소금 성분이 높으면 세균이나 곰팡이가 살 수 없어서 식품이 오래도록 썩지 않기 때문입니다. 대표적인 것으로 굴비, 장아찌 등이 있습니다. 교과서에서 방법을 설명하는 어휘가 등장하면 그 뜻은 물론 목적과 경과도 잘 살펴보아야 합니다.

* 개간

농사짓기 어려운 척박한 땅을 농사짓기 적합한 땅으로 개발하는 것을 말해요. 인류는 예부터 식량 부족을 해결하기 위해 넓은 농지를 확보하는 일이 중요했어요. 특히 우리나라는 국토의 3분의 2가 산이다 보니 개간의 중요성이 더욱 강조되었지요. 농사를 지을 수 있는 경작지를 만들려면 쓸모없는 풀이나 나무를 제거하고 딱딱한 흙을 잘게 부수는 작업이 필요해요. 그중에서도 커다란 나무를 없애는 일은 개간에서 가장 힘든 과정이지요. 그래서 예전에는 개간하려고 불을 질러 나무를 태우는 일이 많았어요. 이를 화전(火田)이라고 해요. 최근에는 화전 농업으로 전 세계 열대림이 파괴되어 심각한 환경 문제가 발생하기도 했어요.

* 간척

간척은 바다나 호수 일부를 둑으로 막고(干 막을 간), 그 안의 물을 빼내 육지로 만드는(拓 넓힐 척) 일이에요. 간척으로 면적을 넓히기 적합한 땅은 밀물과 썰물의 차가 크고 갯벌이 많은 곳이에요. 우리나라는 예부터 조수 간만의 차가 큰 서해안과 남해안 지역에서 적극적으로 간척 사업을 펼쳐 국토 면적을 크게 확장했지요.

넓어진 국토는 농경지나 공장 부지로 쓸 수도 있고 관광지로 개발할 수도 있어요. 네덜란드는 대규모 간척지가 있는 나라로 유명합니다. 네덜란드는 바다보다 육지가 낮아서 국토 면적의 25%가 간척지로 되어 있어요. 최근에는 전 지구적 관점에서 갯벌의 어마어마한 생태적 가치가 재조명되면서 갯벌을 메우는 간척 사업에 대한 논란이 일었지요.

* 점성

유동성 있는 물질의 끈끈한 정도를 말해요. 더 정확하게는 흐르는 물질이 모양을 바꾸지 못하도록 내부에서 저항하는 힘이 점성이에요. 반대말은 유동성이지요. 물엿은 물보다 점성이 더 커요. 지표로 뿜어져 나온 마그마 중 점성이 큰 용암은 잘 흐르지 않아서 산의 경사를 급하게 만들고, 점성이 낮은 용암은 잘 흘러서 산의 경사를 완만하게 만듭니다. 점성이 낮은 현무암은 잘 흘러서 세계의 용암 대지는 주로 현무암으로 되어 있어요.

* 지속 가능한 발전(Sustainable Development)

18세기 산업 혁명 이래 인류는 물질적 풍요를 누리는 방향으로 급격하게 발전했어요. 자연이 수용할 수 있는 범위를 넘어서 무분별하게 개발을 자행했고, 그 결과 환경은 극심하게 파괴되었지요. 이런 식이라면 머지않은 미래에 지구에 커다란 재앙이 닥칠 거라는 위기감이 고조되었어요. '지속 가능한 발전'은 개발은 하되 환경과 미래를 생각해서 친환경적으로 개발하자는 개념이에요.

예전부터 조금씩 논의되다가 1987년 세계 환경 개발 위원회에서 제시한 '우리들 공동의 미래'라는 보고서에서 공식적으로 발표되었지요. 이 보고서는 인류의 미래를 위협하는 네 가지 요소로 빈곤, 인구 증가, 지구 온난화, 환경 파괴 등을 꼽았어요. 이후 '지속 가능한 발전'은 전 세계적으로 크게 공론화되어 21세기에 인류가 지향해야 할 가치이자 새로운 발전의 패러다임으로 확대되었습니다.

* 정체성

사춘기는 아이에서 어른으로 몸과 마음이 변하는 시기입니다. 이때 중요한 과업 중 하나는 자신의 정체성을 깨닫는 것이에요. 정체성은 '나는 누구인가'에 대한 대답입니다. 그 답을 찾으려면 일관성 있게 드러나는 나의 특징을 알아야 해요. 가치관, 생활 방식, 취향, 성격 등 나를 설명하는 모든 것이 내 정체성을 만들지요.

이 시기에 형성된 개인의 정체성은 평생 그가 어떤 사람으로 살아갈지를 결정합니다. 정체성이 불분명한 사람은 불안과 위기감에 시달리고, 정체성이 분명할수록 안정된 정서를 유지하며 성숙한 어른으로 성장할 수 있어요. 그만큼 올바른 정체성 확립은 행복한 삶을 위해 꼭 필요한 일입니다.

* 사회화, 재사회화

갓난아기는 아무것도 모른 채 이 세상에 태어납니다. 아기는 자라면서 앞으로 자신이 살아가야 할 사회의 언어, 가치, 규범 같은 것들을 배우지요. 이렇게 사람이 자신이 속한 사회의 가치와 규범을 받아들이고 사회에 적응하는 과정을 사회화라고 해요. 제대로 사회화되지 않은 사람은 어떻게 행동하고 생각해야 할지 판단하지 못해 극심한 혼란에 빠지게 됩니다. 어려서 야생에 버려진 늑대 소년 이야기는 사회화가 무엇인지를 극명하게 보여 준다고 할 수 있어요. 사람들은 사회화 과정을 겪으며 자신의 정체성이나 소속감을 찾게 됨으로써 삶에서 안정감을 느끼지요.

한편 살다 보면 익숙했던 사회가 너무 많이 변해서 다시 적응해야 하는 일도 생겨요. 이것을 재사회화라고 합니다. 노인들이 컴퓨터를 배우고 다양한 앱에 익숙해지는 것 등이 재사회화의 사례라 할 수 있어요. 사회 변화 속도가 느렸던 전통 사회에서는 어른이 되는 동시에 사회화도 마무리되었다고 생각했지요. 하지만 놀라울 정도로 빠르게 변해 가는 현대 사회에서는 모든 사람이 평생 재사회화 과정을 겪게 됩니다.

* 협상, 조정, 중재

법적으로 분쟁이 발생했을 때 그것을 해결하는 방법은 무엇일까요?

가장 먼저 떠오르는 것은 재판입니다. 법으로 잘잘못을 가려 판결을 얻는 것이지요. 하지만 재판 과정은 너무 많은 시간과 비용을 요구해서 부담이 크지요. 그런 이유로 갈등 당사자끼리 재판 없이도 문제를 해결하는 방법이 다양하게 마련되어 있습니다.

협상은 서로 만족할 만한 결론에 이를 때까지 분쟁 당사자가 의사소통하며 합의에 이르는 것을 말해요. 임금 인상 문제를 놓고 회사 측과 노조 측이 상의하고 결정하는 임금 협상이 그 사례입니다.

조정은 제3자가 개입해서 쌍방이 조금씩 양보하도록 이끌어 최종 합의에 도달하게 만드는 방법입니다. 예를 들어 법원이 제3자로 끼어들어 양측에 화해를 제안하는 것이죠. 조정과 중재에서 제3자가 끼어드는 것은 법적 구속력에 차이가 있어요. 조정은 제3자가 제안한 협상안을 서로 승낙해야 구속력이 생기지만, 중재는 쌍방 의사와 관계없이 제3자의 판단이 법적인 구속력을 가지기 때문에 당사자는 이를 따라야 해요. 이러한 어휘들은 일상생활에서도 두루 사용되지만 법률적 용어로는 개념 차이가 명확하니 잘 구별해야 합니다.

* 삼권 분립

국가 권력을 셋으로 나누어 서로 견제하면서 균형을 이루고자 하는 정치적 원리를 의미합니다. 삼권은 입법, 사법, 행정을 말합니다. 입법부는 국민이 선출한 국회 의원이 법을 만들거나 중요한 의제에 대해 의사 결정을 하는 국회 활동으로 권력을 행사해요. 사법부는 법을 적용하고 판단하는 법원의 기능으로 권한을 발휘하지요. 행정부는 여러 공공 기관에서 국가 업무를 진행합니다. 이렇게 다른 기능을 하는 국가 기관이 서로 견제하고 권력의 집중과 남용을 방지하면서 정치적 균형을 이루는 것을 삼권 분립이라고 합니다.

* 공청회

공개적으로(公) 듣는(聽) 회의(會)를 말합니다. 누구에게 어떤 것을 들으려고 공개적으로 회의를 하는 걸까요? 나라에서 의사 결정을 해야 하는데, 그것이 국민의 삶과 아주 밀접하게 연결되어 있을 때 당사자인 국민과 관련 학자들을 불러 공개적으로 의견을 교환하는 절차를 거치는데 이를 공청회라고 해요. 예를 들어 새로운 교육 제도를 도입하고자 할 때 이와 관련된 사람이 누구일까요? 학생, 학부모, 교사가 가장 직접적인 관계자일 테고, 그 밖에 학자나 여러 분야에서 활동하는 사람들도 포함될 것입니다.

일반 국민은 현실적 경험에서 비롯한 아이디어나 고충을 전달하고, 학자는 학문적 견해를 내놓으며, 그 밖의 사람들은 자기 처지에서 고려해야 할 쟁점을 공유합니다. 행정 기관은 이 모든 의견을 수렴하여 가장 합리적인 정책을 수립하고자 노력하는 것이지요. 국민에게 큰 영향을 미치는 일은 반드시 공청회를 거쳐야 한다는 법률도 많아요. 공청회는 국민이 적극적으로 의견을 펼칠 수 있는 민주주의의 한 방법입니다.

* 희소성

글자 그대로는 드물고(稀) 적다(小)는 뜻입니다. 경제학적 의미로는 인간의 욕심은 무한한 데 비하여 그것을 만족시켜 줄 물질이나 시간은 매우 드문 상태를 뜻합니다. 인간이 원하는 것을 모두 다 가질 수 없는 것은 이러한 희소성 때문이지요. 결국 사람들은 어떤 것을 갖고 싶으면 동시에 다른 것은 포기해야 합니다. 선택과 기회비용은 물질의 희소성과 관련되어 있어요. 재화와 용역에 대한 인간의 선택을 경제 문제라고 합니다.

* 분업

지금 신고 있는 면양말 한 켤레가 완성되기까지 얼마나 많은 과정이 필요할까요? 면화를 재배·수확하여 실이나 천을 만들어 염색하고, 디자인해서 마름질과 박음질을 거쳐 포장·판매하면 소비자 손에 들어옵니다. 고대에는 물건을 원하는 사람이 이 모든 생산 과정을 직접 처리했어요.

경제 분야에서 분업은 생산 과정에 필요한 이와 같은 일을 여러 사람이 나누어 완성하는 것입니다. 혼자 다 하는 것보다는 한 사람

이 한 가지 일만 맡아 전문적으로 처리하고(특화) 그 노동이 모여 최종 상품이 탄생하는 것이지요. 분업을 하면 자기가 잘하는 분야만 집중하게 되어 일의 효율성이 높아지고 비용도 줄어듭니다. 분업은 자본주의의 산업화가 확대되는 데 매우 중요한 역할을 했어요.

* 기술 이전

이전(移 옮길 이, 轉 옮길 전)은 장소를 옮기거나 권리 등을 넘겨주는 것을 말해요. 기술 이전은 기술을 누군가에게 넘겨주는 것인데, 개발 도상국을 공업화하기 위해 선진국이 기술을 개발 도상국에 공여하는 것도 포함합니다. 혹은 기업들이 공동 연구나 합병 등을 계기로 기술 보유자에게서 기술을 넘겨받는 것도 기술 이전이라고 하지요. 선진국에서 기술을 이전받은 개발 도상국은 이를 계기로 경제적 도약을 이루는 경우가 많습니다. 선진국은 기술을 넘겨줌으로써 생산비가 비교적 저렴한 개발 도상국에서 상품을 직접 생산하기도 하고 상품 판매 시장을 독점하기도 하면서 이익의 극대화를 꾀하지요.

3장 현상에 대한 개념어:
그 현상이 나타난 배경까지 이해해야 합니다

현상은 나타나 보이는 상태, 즉 어떤 특정한 모습이 발생하여 사람이 그것을 인지하게 된 것을 말합니다. 그 모습은 자연에서 발생할 수도 있고 눈에 보이지는 않지만 사회적·문화적으로 드러날 수도 있어요. 현상을 공부할 때는 항상 그 현상을 불러온 원인까지 함께 고려해야 합니다. 예를 들어 '이촌 향도'는 '시골(村)을 떠나서(移) 도시(都)로 향(向)한다'는 뜻이지요. 그냥 그렇구나 하고 넘어가면 그 지식은 반쪽짜리에 불과합니다.

뭔가 찝찝하죠? 뒤따르는 의문점이 해소되지 않았기 때문입니다. 사람들은 왜 시골을 떠나서 도시로 몰려올까요? 도시가 시골보다 살기 좋기 때문이지요. 도시에는 무엇이 있기에 매혹적인가요? 돈을 많이 벌 수 있는 부가 가치가 높은 일자리가 많습니다. 게다가 먹고 입고 살아가는 데 필요한 모든 기초 시설이 훨씬 잘 갖추어져 있어

생활하기도 편리하지요. 전통 사회에서 사람들이 가장 많이 종사한 직업은 농업이었습니다. 따라서 다들 농촌에서 살았죠. 하지만 점차 육체노동을 덜 해도 많은 수익을 올릴 수 있는 2차·3차 산업이 늘어나면서 사람들은 자연스럽게 도시로 몰려들었어요. 이촌 향도는 산업의 변화로 발생한 사회 현상입니다.

이처럼 현상에 대한 개념어를 공부할 때는 그 개념을 아우르는 배경지식과 더불어 '왜?'라는 질문에 대한 답을 꼭 고민해야 합니다.

* 적조

강이나 바다가 붉게 변하는 현상이에요. 적조(赤 붉을 적, 潮 바닷물 조)라는 말 자체가 '붉은 바닷물'이라는 뜻이기는 하지만 정확히 말해서 물이 붉게 변하는 것은 아닙니다. 이때 붉은색은 물속 플랑크톤의 색깔이지요. 적조가 발생하는 이유는 물속에 유기 양분이 너무 많아 그것을 먹이로 삼는 플랑크톤이 과도하게 번식하기 때문이에요. 이처럼 하천에 유기물이 많아지는 현상을 부(富)영양화라고 합니다. 영양물질이 부유해진다는 뜻이지요.

영양물질이라고 하니 좋은 거라고 생각할 수 있는데, 하천의 유기 양분은 인이나 질소를 포함하는 오염된 가정 폐수에 많아요. 부영양화로 플랑크톤이 과도하게 번식하면 물속 산소가 고갈되어 물고기나 조개류는 호흡을 하지 못해 떼죽음을 당하지요.

* 인구 공동화

1960년대까지 종로나 중구는 서울의 중심부였어요. 서울 인구의

10%가 여기서 살았지요. 하지만 지금은 1% 정도로 크게 줄었어요. 여전히 사람은 많지만 이곳에 직장이 있을 뿐 사는 사람은 거의 없는 것이지요. 낮에는 일하는 사람들이 잔뜩 모였다가 밤이 되면 모두 빠져나가는 이러한 현상을 '인구 공동화'(空 빌 공, 洞 동네 동, 化 될 화)라고 합니다. 도시 중심의 텅 빈 모습이 도넛을 닮았다고 하여 '도넛 현상'이라고도 하지요.

이러한 현상은 집값 상승 때문에 발생해요. 중심부에 살고 싶어도 그럴 만한 경제력이 없는데, 외곽은 도시 중심보다 집값이 싸고 지하철, 광역 버스 같은 교통수단도 발달하여 오고 가는 데 별 지장이 없으니 자연스럽게 사람들이 빠져나간 것이지요. 이것은 도시 주변에 여러 변화를 불러왔어요. 종로처럼 인구가 심각하게 감소한 지역에서는 4개 동 주민 센터가 통합되었고, 학생 수도 줄어 학교가 아예 다른 지역으로 이사 가기도 했지요. 출퇴근 시간에는 사람들이 한꺼번에 이동하여 이 지역을 중심으로 극심한 교통 체증이 발생합니다.

* 일탈 행동

범죄를 저지르거나 비도덕적인 일을 하는 것처럼 한 사회에서 보편적으로 인정하는 사회 규범에서 벗어난(逸 달아날 일, 脫 벗어날 탈) 행동을 말해요. 흔히 생각하는 온갖 '나쁜 짓'이 일탈 행동이지요. 범죄, 비행, 마약, 폭력, 비속어 사용, 모독 행위 등 일탈 행동의 범위는 넓고 종류도 다양해요. 하지만 무엇을 일탈 행동으로 볼지는 시대나 문화에 따라 달라서 어떤 나라에서는 일탈 행동인 것이 다른 나라에서는 전혀 문제가 되지 않는 경우도 많지요.

한 사회 안에서 일탈 행동은 사회의 질서와 규범을 파괴해 다른 사회 구성원을 불안하게 만들어요. 반복되는 일탈 행동으로 그 사회에 잠복한 모순이나 갈등을 파악할 수 있다는 점에서 사회의 일탈 행동에 대한 깊은 고찰이 필요하기도 합니다.

* 고령화

고령은 나이가 많은 것, 고령화는 한 사회에 속한 사람들의 나이가 많아지는 현상입니다. 총인구에서 65세 이상 인구가 차지하는 비율이 7% 이상인 사회를 고령화 사회라 해요. 출산율은 떨어지는데 의학 기술의 발달로 평균 수명이 연장되면서 점점 노인이 많은 나라로 변해 가고 있어요. 인구 중 65세 이상 인구 비율에 따라 고령화 사회(7%) → 고령 사회(14%) → 초고령 사회(20%)로 구분하지요.

우리나라뿐 아니라 일본이나 유럽과 같은 선진국에서도 점점 고령화 현상이 뚜렷해지는 추세예요. 고령화가 되면 어떤 일이 일어날까요? 당연한 얘기지만 한 나라의 주인공은 다가올 시대를 살아갈 젊은이예요. 그러니 사회에 젊은 사람이 줄어든다면 그 국가의 잠재력도 줄 수밖에 없겠지요. 더구나 돈을 버는 시기는 젊은 시절뿐이지만 돈을 쓰는 시기는 평생에 걸치기 때문에 고령화는 노인들의 빈곤, 소외, 질병 등과 같은 사회 문제도 일으킵니다. 따라서 반드시 국가 차원에서 대책을 마련해야 해요.

* 귀속 지위, 성취 지위

여러분은 가정에서 어떤 존재인가요? 누군가의 딸이나 아들, 누나,

형, 동생일 것입니다. 학교에서는 학생이면서 선배와 후배이기도 합니다. 이처럼 속한 집단마다 내 위치가 있을 거예요. 이처럼 개인이 사회나 집단에서 차지하는 위치를 '사회적 지위'라고 합니다. 사회적 지위에는 귀속 지위와 성취 지위가 있어요. 귀속 지위는 내가 노력하지 않아도 태어나면서 저절로 생겨난 내 지위를 말해요. 귀속은 어떤 사람이 일정한 집단에 딸려 그 구성원이 되었다는 의미입니다. 딸이나 아들처럼 가족 안에서 내 지위는 귀속 지위에 해당하지요.

반면 성취 지위는 내가 노력하거나 경쟁해서 얻은 지위입니다. 선생님이나 회사원과 같은 직업이나 아버지와 어머니 같은 이름도 귀속 지위에 해당해요. 똑같이 부자라 해도 부모에게서 물려받은 유산 때문에 부자가 되었으면 귀속 지위라 할 수 있지만 자신이 노력해서 부자가 되었다면 성취 지위에 해당해요. 신분제 사회였던 과거에는 귀속 지위가 중요했지만 개인의 능력을 강조하는 현대 사회에서는 성취 지위의 중요성이 훨씬 더 커졌어요.

* 제노포비아(xenophobia)

'xeno'는 낯선 것, 'phobia'는 혐오증을 의미해요. 제노포비아는 낯선 것에 대한 거부감, 즉 이방인이나 외국인을 싫어하는 현상을 말합니다. 자기와 다르다는 이유만으로 악의가 없는 대상을 경계하고 혐오하는 것이죠. '이민자는 범죄자'라고 선언했던 도널드 트럼프 전 미국 대통령의 발언이 대표적 제노포비아예요. 코로나19의 확산으로 유럽과 북미에서 아시아계 사람들에 대한 차별과 혐오가 증가한 것도 이 현상에 해당합니다.

해외에서 우리 동포가 제노포비아로 부당한 차별을 당한다는 소식을 접하면 분노와 안타까움을 느낄 때가 많을 것입니다. 그러나 우리나라에서도 조선족이나 이슬람 문화권 외국인들에 대한 무차별적 혐오증이 점점 증가하는 추세입니다. 전 세계의 교류가 활발해지고, 다문화 가족이 증가하는 현대 사회에서 근거 없는 제노포비아는 반드시 극복해야 할 사회 현상입니다.

* 문화 지체

인간이 이룩한 문화에는 물질문화와 비물질문화가 있어요. 기술이나 상품 같은 것은 물질문화이고 종교, 철학, 가치관, 제도, 규범 등은 비물질문화에 속해요. 새로운 기술이 등장하면 인간은 그것을 이해하고 받아들이게 되죠. 그런데 물질문화가 너무 급속도로 변하면 사람들의 정신이 그것에 맞추어 성숙되지 못하고 뒤처지게 돼요. 이렇게 물질문화의 변화에 비하여 비물질문화의 변동 속도가 뒤떨어지는 현상을 문화 지체(遲 늦을 지, 滯 막힐 체)라고 합니다. 예를 들어 컴퓨터와 인터넷 통신 기술은 급속도로 발전했는데, 온라인상에서 사람들의 행동은 아직 질서가 정립되지 않아 윤리성을 상실한 채 폭력적인 범죄성을 드러내는 것도 문화 지체의 한 사례입니다.

* 인간 소외

사람들은 더 안락하고 행복한 삶을 꿈꾸며 끝없이 새로운 문화를 창출합니다. 자본주의는 고도화되고 첨단 기술이 인간에게 무지갯빛 미래를 가져다줄 거라고 장담하지요. 그런데 가끔 인간의 필요에 의

해 만들어진 그 문화에 오히려 인간이 지배되는 이상한 일이 벌어지기도 해요. 삶을 편하게 만들려고 발명한 기계 때문에 오히려 인간이 일자리를 잃거나 저평가되는 일들이 그런 것이지요.

이처럼 인간이 만든 문화로 본래 인간성을 상실하고 인간다운 삶을 잃어버리는 현상을 인간 소외라고 해요. 인간 소외 현상은 현대 사회의 심각한 병폐 중 하나입니다. 현대의 물질문명은 생활을 풍족하게 바꾸었지만, 그 대신 개인의 고유한 가치는 폄하되고, 인간을 거대한 조직의 부품처럼 여기거나 상품성으로 평가하는 물질적 사고방식이 만연하게 되었지요.

* 독점 시장, 과점 시장

시장은 우리가 장을 보러 가는 현실적 공간만이 아니라 상품이나 생산 요소 같은 것의 수요와 공간이 만나는 가상의 개념이라고 할 수 있어요. 가격은 수요와 공급이 만나는 지점에서 결정되지요. 팔려는 사람과 사려는 사람의 이해가 일치하는 적당한 지점에서 말입니다. 그런데 만약 어떤 것을 사려는 사람은 많은데 파는 사람은 한 명밖에 없다면 무슨 일이 벌어질까요? 판매자가 가격을 마음대로 올려도 사는 사람은 울며 겨자 먹기로 비싼 값을 지불해야 할 거예요. 대체할 상품도 없고 경쟁자도 없는 이런 시장을 독점 시장(獨 홀로 독, 占 차지할 점)이라고 합니다.

판매자가 한 명은 아니지만 충분한 경쟁은 불가능할 정도로 소수밖에 안 되는 시장은 과점 시장(寡 적을 과, 占 차지할 점)이라고 해요. 과점 시장에서는 몇몇 기업이 합의하면 얼마든지 가격을 조정할 수 있어요. 이렇게 소수 기업이 생산량이나 가격을 의논해서 합의하는 것을 담합이라고 합니다. 정부에서는 공정 거래 위원회를 두어 독점이나 과점, 담합을 규제해요.

* 인플레이션(inflation)

일정 기간 물가가 꾸준히 오르는 현상이에요. 물가가 오르는 이유는 여러 가지예요. 우선 경기가 좋아져 지출이나 투자 욕구가 늘어나는 것에 비해 상품 공급이 부족할 경우 인플레이션이 발생합니다. 원자재나 석유와 같은 생산 원재료의 가격이 오르거나 노동자의 임금이 높아져 상품의 전반적인 가격이 상승할 때도 물가가 오르지요. 혹은 독과점 기업들이 물가를 마음대로 올릴 수도 있어요.

물가가 오르면 같은 돈으로 살 수 있는 물건의 양이 줄어드는데, 이는 돈의 가치가 하락했다는 의미가 됩니다. 그 경우 일정한 급여로 생활해야 하는 노동자의 생활 수준은 낮아질 수밖에 없지요. 인플레이션의 문제점을 해결하려면 소비 억제, 저축 장려, 생산성 향상, 통화량 감축, 대출 억제 등 다양한 대책이 필요합니다.

4장 제도에 대한 개념어:
비슷하거나 반대되는 개념어와 함께 공부하세요

제도는 사람이 만든 것입니다. 현상처럼 자연스럽게 그런 모습이 나
타난 것이 아니라 인간이 어떤 이유가 있어서 일부러 만들어 낸 것
이죠. 대부분 정치나 경제 영역에서 사람들이 살아가는 질서를 위해
고안한 것들이 많습니다. 그렇다면 무엇을 주목해야 할까요? 무엇을
위한 제도인가? 누구에 대한 제도인가? 이것이 핵심이죠. 제도에 대
한 개념어는 그 대상과 목적이 무엇인지 머릿속으로 정돈하면서 내
용을 익혀야 합니다.

'탄핵 소추권'은 '탄핵'을 위해 '소추'를 할 수 있는 권리를 의미합
니다. 기사나 뉴스에서 한 번쯤 들어본 적이 있는 단어일 것입니다.
하지만 탄핵과 소추의 사전적 의미를 아는 학생이 얼마나 될까요?
탄핵은 죄를 꾸짖는 것을 의미합니다.

그럼 엄마가 너를 혼내는 것도 탄핵이라고 할 수 있을까요? 그러

면 우리에게 탄핵이라는 말은 세상에서 가장 친숙한 단어가 되었을 거예요. 탄핵은 평범한 절차로는 벌을 내릴 수 없는 특정한 고위 공무원을 그 대상으로 해요. 소추는 형사상 공소를 제기해 그들을 해임하거나 처벌하게 하는 것입니다.

정리하면 탄핵 소추권은 고위 공무원을 탄핵하여 소추할 수 있는 권리를 뜻해요. 이 권리는 누구에게 있을까요? 오직 입법 기관인 국회에서만 적법한 절차에 따라 결정할 수 있습니다. 그렇다면 이것은 왜 필요할까요? 탄핵 소추권은 가장 막강한 권력을 지닌 자가 헌법을 위반했을 때라도 그에 대한 법적 책임을 묻는 권리를 국회에 부여함으로써 권력자의 헌법 침해를 막는 마지막 보루라고 할 수 있습니다.

제도에 대한 개념어는 사회 과목에서 중요하고 비중 있는 어휘입니다. 저마다 구체적 조항을 포함하므로 비슷하거나 반대되는 제도들과 비교하며 공부하는 것이 좋습니다.

* 의원 내각제

내각(內閣)은 국가를 통치하는 세 가지 권력, 즉 입법, 사법, 행정 중에서 행정권의 집행을 담당하는 기관을 말합니다. 내각의 범위와 역할과 권한은 국가의 통치 방식에 따라 매우 다양해요. 대통령제를 채택한 나라에서 내각은 장관과 몇몇 고위 관리로 이루어진 행정 관청인 경우가 많아요. 반면 영국과 같은 의원 내각제에서 내각은 국가 행정권을 담당하는 최고 정책 결정 기관이지요. 그 우두머리는 총리(수상)이고요. 우리나라 정부에서 내각은 국무총리와 국무 위원이 참여하는 국무 회의를 말해요.

의원 내각제는 법을 만드는 입법부와 그 법으로 나라 살림을 하는 행정부가 긴밀하게 합쳐져 국가를 운영하는 정부 형태입니다. 입법부와 행정부의 권한이 융합된 정부로 영국과 일본에서 채택했지요. 다수당을 차지한 정당에서 수상을 뽑고, 그 수상이 행정을 운영할 내각을 구성하는 것입니다. 의원 내각제에서는 국회 의원이 내각도 구성하고 직접 참여도 하므로 더 책임감 있게 정치에 임한다는 장점이 있어요. 총리는 의회의 결정으로 언제든 물러날 수 있기에 독재를 하기도 어렵지요.

한편 같은 이유로 총리가 너무 자주 바뀐다면 오히려 나라가 불안정해질 수 있습니다. 막강한 정당이 권력을 독차지하면 여당이 횡포를 부릴 우려가 있고, 반면 고만고만한 소수당이 난립하면 정국이 불안정해지는 단점이 있습니다.

* 배심 제도

배심(陪 도울 배, 審 살필 심)은 심사를 돕는다는 뜻이에요. 법원에서 형량에 대한 판결을 내리거나 검찰이 범죄 유무를 결정할 때 무작위로 뽑은 일반 국민이 참여하도록 하는 제도입니다. 정치적 오해를 살 수 있는 사건이 배심 제도로 중립성이 유지되기도 하고, 심사에 국민이 참여함으로써 검찰에 대한 국민적 신뢰를 얻는 한 방안이 되기도 하지요. 배심원이 중죄에 대한 기소를 결정하는 권한을 가진 국가는 미국, 영국 등 일부에 불과해요.

우리나라는 2008년부터 일반 국민이 재판부 일원으로 참여하여 법률문제를 판단하는 '참심제'를 시행하고 있어요. 살인, 강도, 강간 등 중범죄 사건만 대상으로 하고 배심원단 만장일치로 평결도 하지만 재판에서는 권고의 효력 정도만 있지요.

* 선거 공영제

공영(公營)은 공적 기관에서 경영한다는 뜻이에요. 선거는 국가의 중요한 일이므로 선거에 들어가는 비용을 국가가 부담하고, 정부가 선거를 관리하는 제도가 선거 공영제입니다. 공적 기관의 개입 없이 선거를 방치한다면 선거 운동이 과열되어 싸움으로 번질 수도 있고, 재력에 따라 후보자 간 차별이 발생할 여지도 있지요. 후보자에게 균등한 기회를 보장하고, 공정한 선거를 치르려면 선거 운용에 관한 규정과 제도가 절대적으로 필요합니다.

　반면 선거에 필요한 비용을 국가가 부담하므로 너무 많은 후보자가 난립한다면 국가 재정이 낭비될 수도 있어요. 그래서 선거 운동에 필요한 많은 경비 중 국가가 제공할 의무가 있는 비용은 정해져 있고, 나머지 비용은 후보자가 부담하도록 합니다.

* 지방 자치제

자치(自治)는 스스로 다스린다는 의미예요. 지방 자치제는 자기가 사는 지역의 문제는 그 지역에서 자체적으로 해결하도록 하는 정치 제도입니다. 중앙 정부가 전국 모든 지역의 세밀한 사정을 알 수는 없으므로 그 지역 주민이 스스로 대표자를 뽑아 그에게 살림살이를 맡기는 것이지요.

우리나라는 1995년 자치 단체장이나 의원을 뽑는 선거를 실시해 본격적인 지방 자치제가 시작되었어요. 지역의 범위에 따라 '지방 의회'와 '지방 자치 단체장'이 있어요. 도 의회와 도지사, 시 의회와 시장, 구 의회와 구청장, 군 의회와 군수가 그것이지요. 더 넓은 광역 자치 단체로는 서울특별시와 광역시인 부산·인천·대전·광주·대구, 강원도, 경기도, 충청남북도, 경상남북도, 전라남북도, 제주도 등이 있지요.

* 비정부 기구(Non-Governmental Organization, NGO)

정부가 주도한 조직이 아니라 민간에서 자생한 시민 단체입니다. NGO라고도 하며 비정부 기구, 민간단체, 비영리 단체 등으로 불려요. 지역이나 국경을 초월해 전 지구적 문제나 공공의 목적을 실현하기 위해 가치 있는 활동을 합니다. 환경·평등·인권·평화 운동을 활발히 전개했고, 제2차 세계 대전 이후로는 인도주의적 문제와 빈곤 해결 분야에서 큰 활약을 보였어요.

NGO는 자원봉사자들의 노력과 기부금으로 운영하는 경우가 많아요. 국제적 구호 활동을 하는 대표적 NGO로는 월드비전, 굿네이버스 등이 있지요. 이들은 기아에 허덕이는 빈곤층을 지원하거나 어린이들이 풍요로운 삶을 살 수 있도록 돕는 조직이에요. 특히 월드비전은 한국 전쟁으로 죽어 가는 아이들을 돕기 위해 시작되었기에 우리나라와 인연이 깊습니다.

* 저작권

인간이 자신의 창의력으로 창작한 저작물에 독점적 권리를 갖는 것을 저작권이라고 해요. 영어로는 'copyright'인데, 어원 그대로 복제(copy)할 수 있는 권리(right)를 뜻합니다. 저작물을 이용·판매·배포할 때 창작자에게 법적 권리를 주는 것이지요. 저작권은 소설, 시, 강연처럼 말과 글로 된 작품뿐만 아니라 음악, 연극, 미술, 사진, 영상, 건축, 컴퓨터 프로그램 등 다양한 장르에 걸쳐 있어요.

타인의 작품을 저작권자 허락도 받지 않고 마음대로 사용하는 것을 저작권 침해라고 해요. 저작권을 침해하면 법적으로 처벌받을 수 있습니다. 기술이 발달한 현대 사회에서는 저작물을 베끼기가 더 쉬워졌으므로 엄중한 저작권 보호 기준이 필요하고, 이에 대한 사회적 감수성도 더 예민해져야 합니다.

* 심급 제도

심급(審級)은 심판에 급이 있다는 의미입니다. 어떠한 사건을 법으로 다룰 경우, 그것을 심판하는 법원들 사이에 상하 관계가 있다는 뜻이지요. 법의 판결도 결국 사람이 하는 일이라 완벽할 수는 없어요. 잘못된 판결로 국민이 억울한 일을 당할 개연성을 막기 위해 한 사건을 여러 번 재판받을 수 있게 한 제도가 심급 제도입니다. 우리나라는 세 번 재판받을 수 있는 삼심 제도를 채택했어요.

이미 받은 판결의 취소나 변경을 상급 법원에 요청하는 일을 상소(上訴)라고 해요. 첫 번째 판결은 1심이라 하고, 지방 법원에서 담당하지요. 2심 재판은 고등 법원에서 진행되며, 2심 재판을 요청하는 일을 항소(抗訴)라고 합니다. 고등 법원은 서울, 대전, 대구, 부산, 광주에 있어요. 최종적으로 3심 재판을 내리는 곳은 대법원입니다. 대법원은 우리나라 최고 법원으로, 대법원장과 대법관으로 구성되어 있어요. 대법원은 서울 한 곳에만 있지요. 2심 판결에 불복하여 3심 재판을 신청하는 것을 상고(上告)라고 합니다.

* 호주제

한 집안의 가장을 그 집 주인이라는 뜻에서 호주(戶 집 호, 主 주인 주)라 하고, 호주를 중심으로 가족들의 출생, 혼인, 사망 등을 공식적으로 기록하는 제도를 호주제라고 합니다. 호주제의 문제는 호주가 될 자격이 너무 남성 중심적이라는 것이었어요. 여성의 입장에서 보면 결혼 전에는 아버지, 결혼하면 남편, 남편이 사망하면 아들이 호주가 되어 그 아래 등재되었지요.

일제 강점기 때 도입된 호주제는 부계 혈통을 중시하며 가부장적 남아 선호 사상을 부추기는 구시대적 제도로 지속적 비판을 받았어요. 제도 자체에 주종 관계적 요소가 포함되어 있고 이혼이나 재혼, 1인 가구 등 현대 사회의 다양한 가족 형태를 반영하지 못하는 문제점도 있었지요.

호주제는 2008년 1월 1일 완전히 폐지되어 지금은 가족 관계 등록부 제도가 시행되고 있어요. 가족 관계 등록부는 인적 사항을 모두 드러냈던 기존의 호적과 달리 가족 관계를 보여 주는 간단한 정보만 담고 있어요. 또한 아버지 성만 따라야 했던 원칙을 수정해 어머니 성을 따를 수 있게 되었고, 출생지 개념의 본적도 표기에서 사라졌지요.

* 사회 보장 제도

사람은 태어나서 죽을 때까지 수많은 위험과 맞닥뜨릴 수 있어요. 질병, 장애, 실업, 노화, 사망 등 생활에 불안과 위협을 주는 요소로부터 국민을 보호하고 생활의 질을 높이기 위해 나라가 제공하는 복지 제도를 사회 보장 제도라고 해요. 최소한의 인간다운 생활은 지켜 주자는 것이지요. 가장 기초가 되는 것은 소득의 보장이에요. 이를 위해 고용을 장려하고 실업 수당, 실업 보험 제도를 운영하며 최저 임금을 보장하고자 하지요.

여기에는 사회 보험과 공공 부조가 있어요. 사회 보험은 미래에 발생할지 모를 위험에 대비해 보험을 들어 두는 것입니다. 산재 보험, 고용 보험, 국민연금, 건강 보험을 가리켜 4대 사회 보험이라고 해요. 공공 부조는 생활 능력이 없거나 가난한 국민이 최저 생활은 유지하도록 지원하는 제도를 말해요. 부조는 힘껏 돕는다는 뜻입니다. 국민 기초 생활 보장 제도와 의료 급여가 여기에 해당하지요. 그 밖에 취약 계층의 아동, 노인, 장애인을 비경제적 측면에서 도와주는 사회 복지 서비스가 있습니다.

* 재정 정책, 통화 정책

경제적 안정과 성장을 위해 정부는 여러 가지 노력을 기울입니다. 그중에서도 재정 정책과 통화 정책은 가장 중요하고 중심이 되는 수단이에요. 이 두 가지 정책을 효과적으로 운영함으로써 실업률을 줄이고, 물가를 안정시키며, 경제 성장을 통한 사회 안정을 도모합니다.

재정 정책은 세금과 정부의 지출로 경기 흐름을 조정하는 정책이에요. 경기가 과열되면 세금을 많이 거두어들이고 정부 지출을 줄여 사회 전반의 인플레이션을 막습니다. 이를 흑자 재정 정책이라고 해요. 반대로 시장에서 돈의 흐름이 줄어 경기가 침체하면 세금을 줄이고 정부 지출을 확대해 일자리를 창출하고 경기를 회복시키는 적자 재정 정책을 운용하게 됩니다.

통화 정책은 같은 목표를 위해 중앙은행이 화폐량과 이자율을 조절하는 정책이에요. 금융 정책이라고도 합니다. 시중에 풀린 돈이 너무 적으면, 즉 통화량이 감소하면 경기가 위축되므로 이럴 때 한국은행은 기준 금리(이자)를 내립니다. 기준 금리가 내려가면 은행에 돈을 묶어 두기보다 투자나 소비를 활발히 하게 되어 경기가 활성화되지요. 반대로 경기가 과열되어 물가 상승이 우려되면, 한국은행이 기준 금리를 높입니다. 기준 금리가 높아지면 사람들은 저축을 선호하게 되고, 시장의 통화량은 줄어들게 되지요.

* 자유 무역 협정(Free Trade Agreement, FTA)

FTA라는 명칭이 더 익숙한 자유 무역 협정은 말 그대로 국가 간에 관세를 없애고 자유로운 무역을 하기로 약속하는 것을 말해요. 관세는 국경을 통과하여 들어오는 상품에 대한 세금입니다. FTA로 무역을 하는 품목은 수출과 수입이 더 활발해지고, 좁은 국내 시장에서 경쟁하던 산업들이 외국 기업과 경쟁하게 되면서 더 크게 성장할 수 있어요. 예를 들어 세계적으로 우위를 점한 국내 기업이 있을 때,

FTA로 전 세계에 판매량을 확보하면 무역 이익이 커지고 국가 경제에 큰 도움이 되겠지요.

하지만 반대의 경우 상대적으로 경쟁력이 약한 국내 산업들은 외국 산업으로부터 보호막이 되어 주던 국가의 개입이 없어짐에 따라 피해를 보거나 도산할 우려도 있어요. 소비자로서는 질 좋은 외국 상품을 더 저렴하게 살 수 있어서 풍요로운 생활을 누릴 수 있지만, 경쟁력이 약한 국내 산업들은 국제적 경쟁력을 확보할 때까지 국가가 지원해 주어야 할 필요도 있습니다.

국내에서 생산되는 농축산물은 수입 농축산물보다 가격 경쟁력이 떨어지기에 FTA의 무한 경쟁에 노출된다면 불리해요. 농축산물이 자생력을 유지하는 일은 국가의 식량 자립성과 결부되는 문제이므로 단순히 시장의 수요 공급 원칙에 따라 가격이 결정되게 내버려 두기보다는 여러 가지 복합적인 문제를 고려해 봐야 합니다.

* 지리적 표시제(Geographical Indication System, GIS)

'순창' 하면 무엇이 떠오르나요? 고추장이지요. 보성은 녹차, 횡성은 한우, 천안은 호두, 해남은 고구마, 의성은 마늘, 이천은 쌀……. 이러한 공식은 외국에도 있습니다. 플로리다는 오렌지, 카망베르는 치즈, 다즐링은 홍차, 콜롬비아는 커피이지요.

이렇게 특정한 지역에서 생산되는 농산물이나 그 가공품이 유명할 경우, 그것에 지역명을 표시할 수 있도록 법적으로 보호해 주는 제도가 지리적 표시제입니다. 상품의 우수성이 그 지역의 지리적 특징 때문에 생겨났다고 판단해 원산지를 상품 브랜드처럼 쓸 수 있게 하는 것이지요. 지리적 표시 인증을 받은 상품에는 다른 지역에서 마음대로 그 상품권을 쓸 수 없도록 규제해 생산자와 소비자 모두를 보호합니다. 우리나라 최초의 지리적 표시제 농산물은 2002년 지정된 보성 녹차예요. 현재는 100여 개 품목이 등록되어 있지요.

1. 아래에 설명된 의미의 개념어를 써 보시오.

의미	개념어
1. 물질적 재화의 형태가 아니라 생산과 소비에 필요한 인간의 노동력을 제공하는 것.	
2. 낮에는 일하는 사람들이 도심에 모였다가 밤이면 모두 빠져나가는 현상.	
3. 다수 사람에게 여러 정보를 전달하는 매개체.	
4. 입법부와 행정부가 긴밀하게 합쳐져 국가를 운영하는 정부 형태.	
5. 법 주체 사이의 관계, 권리나 의무의 각 세부 사항에 대한 실질적 내용을 규정한 법.	
6. 특정한 지역에서 생산되는 농산물이나 그 가공품이 유명할 경우, 그것에 지역명 표시를 하도록 법적으로 보호해 주는 제도.	
7. 한 생물체 속에 다른 생물의 유전자를 끼워 넣어 새로운 성질을 갖도록 변형하거나 조작해 만든 식품.	
8. 사람이 자신이 속한 사회의 가치와 규범을 받아들이고 사회에 적응하는 과정.	
9. 학력, 직업, 직위처럼 개인의 의지와 노력으로 얻은 지위.	
10. 일반적으로 받아들여지는 사회 규칙이나 사회적 규범에 어긋나는 행동.	
11. 선거에 들어가는 비용을 국가가 부담하고 정부가 선거를 관리하는 제도.	
12. 국가 권력을 셋으로 나누어 서로 견제하면서 균형을 이루고자 하는 정치적 원리.	
13. 개인이나 기업의 편의를 위해 요구되는 사회 기초 시설.	
14. 사람이 어떤 행동을 하거나 판단할 때 자신이 누구인지 스스로 규정하는 집단.	
15. 인간이 자신의 창의력으로 창작한 저작물에 대하여 갖는 독점적 권리.	
16. 인간이 만든 문화 때문에 본래 인간성을 상실하고 인간다운 삶을 잃어버리게 되는 현상.	
17. 하나를 선택함으로써 포기해야 하는 다른 가치 중 가장 큰 것.	
18. 호주를 중심으로 가족의 출생, 혼인, 사망 등을 공식적으로 기록하는 제도.	
19. 정치적으로 뜻과 목표가 비슷한 사람들끼리 정권 획득을 목적으로 만든 단체.	
20. 정부가 세금과 지출로 경기 흐름을 조정하는 정책.	

2. 다음 뜻에 알맞은 개념어를 서로 연결하시오.

① 인구 부양력   일정 기간 물가가 꾸준히 오르는 현상.

② 고령화   한 국가가 자국 국민을 돌볼 수 있는 능력.

③ 배타적 경제 수역   한 사회에 속한 사람들의 나이가 많아지는
                                  현상.

④ 인플레이션   배타적으로 경제 활동을 할 수 있는 바다의
                                  구역.

⑤ 분업   생산 과정에 필요한 일을 여러 사람이 나누
                                  어 완성하는 것.

3. 제시된 초성을 참고하여 개념어의 뜻풀이를 완성하시오.

① 주상 절리 - 용암이 급격하게 식어서 굳을 때 육각형의 (ㄱㄷ) 모양
    으로 굳어져 생긴 지형.

② 자유 무역 협정 - 국가 간에 (ㄱㅅ)를 없애고 자유로운 무역을 하기
    로 약속하는 것.

③ 제노포비아 - (ㅇㅂㅇ)이나 외국인을 싫어하는 현상.

④ 백두 대간 - 백두산에서 시작하여 남쪽의 지리산에서 끝나는 한반도
    의 큰 (ㅅㅈㄱ).

4. 개념어의 정의를 생각하며 빈칸에 알맞은 한자의 음과 뜻을 쓰시오.

① 희소성 稀(   ) 少(   ) 性(   ) - 인간의 욕심은 무한한 데
    비하여 그것을 만족시켜 줄 물질이나 시간은 매우 드문 상태.

② 적조 赤(   ) 潮(   ) - 강이나 바다가 붉게 변하는 현상.

③ 천부 인권 사상 天(　　) 賦(　　) 人(　　) 權(　　)思想 - 인간은 태어날 때부터 하늘이 준 기본적 권리를 지니고 있다는 사상.

④ 문화 지체 文化 遲(　　) 滯(　　) - 물질문화의 변화에 비해 비물질문화의 변동 속도가 뒤떨어지는 현상.

⑤ 간척 干(　　) 拓(　　) - 바다나 호수 일부를 둑으로 막고 그 안의 물을 빼내 육지로 만드는 일.

5. 다음의 글자들을 조합하여 뜻풀이에 알맞은 개념어를 쓰시오.

기	독	권	오	사	영	동	제	간	이	리	장
유	금	도	심	익	준	시	점	변	과	배	회

① (　　　　　　) - 대체할 상품도 없고 경쟁자도 없는 시장.

② (　　　　　　) - 땅이나 바다 같은 일정한 영역에 대하여 어떤 국가가 지닌 주권이나 관할권.

③ (　　　　　　) - 중앙은행인 한국은행이 물가와 경기 변동에 따라 인위적으로 결정하는 금리.

④ (　　　　　　) - 구성원 각자가 자신에게 어떤 이익이 될 것이라는 생각에 자발적으로 모인 집단.

⑤ (　　　　　　) - 법원에서 형량에 대한 판결을 내리거나 검찰이 범죄 유무를 결정할 때 무작위로 뽑은 일반 국민이 참여하게 하는 제도.

6. 설명에 해당하는 개념어를 다음에서 찾아 쓰시오.

> 본초 자오선, 공정 무역, 공청회, 지속 가능한 발전, 비정부 기구, 사회 계약설

① 국가나 공공 기관이 국민에게 영향을 주는 사업을 시행하기 전에 국민과 학자 등이 모여서 의논하는 회의.

② 정부가 주도한 조직이 아니라 민간에서 자생한 시민 단체.

③ 지구의 남극과 북극을 연결하는 지표상 가상선 중에서 경도 0도의 기준선.

④ 자유롭고 평등한 개인들의 합의나 계약으로 국가가 발생하였다는 학설.

⑤ 개발하되 환경과 미래를 생각해서 친환경적으로 하자는 개념.

⑥ 선진국과 개발 도상국 간의 불공정한 무역으로 인한 빈곤 문제를 해결하려고 개발 도상국의 생산자와 노동자들에게 유리한 조건으로 행해지는 무역.

*정답은 250쪽에 있습니다.

4부

과학
과목
개념어

문해력은

다

돈이다

직업도 의식주도 문해력 없이는 얻을 수 없지요.

동아줄이다

위기를 만났을 때 그것을 극복할 방법도
문해력이 있다면 찾아낼 수 있어요.

여자 친구가 헤어지자고 한다. 국어 선생님을 꿈꾸는 다정한 여친이 어느 날 돌변했다. 더는 못 참겠다나? 난 잘못한 일이 없는데 뭘 못 참겠다는 건지 이유를 모르겠다. 억울한 표정으로 따졌더니 그녀가 가방에서 편지를 한 다발 꺼낸다. 손 편지를 좋아한다고 해서 그동안 내 영혼을 끌어모아 한 줄 한 줄 써서 보낸 쪽지들이다. 아무래도 우리는 어울리지 않는다며 그녀는 차가운 표정으로 편지를 돌려주었다. 나는 카페에 홀로 남아 그것들을 읽기 시작했다.

- 마니 아픈 거야? 오늘 감기에 걸렸다고 해서 마음이 너무 않 조았어. 빨리 낳아.
- 생일 추카해. 좋아하는 색깔을 몰라서 그냥 문안한 걸로 샀어.
- 오늘 기말고사 마지막 문제가 너무 핵갈림. 그래도 끈나서 너무 홀연해. 너도 오늘은 푹 셔라.

다시 읽어 보아도 그녀가 화난 이유를 모르겠다. 아쉬운 마음에 문자를 보내 사정해 본다.

- 정말 어의없어. 내가 몰 그렇게 잘못했니? 난 지금도 니가 보고 싶어. 갑자기 이러면 나는 어떻해?

현상에 대한 개념어:
현상이 일어나는 원리를 그림으로 그리세요

현상은 인간이 지각할 수 있는 사물의 모양과 상태를 말해요. 지각한다는 것은 인간의 머리로 알 수 있다는 뜻입니다. 과학적 현상 중에는 미시적 세계나 거시적 세계에서 발생하는 것들이 많아요. 둘 다 우리 눈으로는 볼 수 없는 현상이죠. 설령 우리 일상에서 벌어지는 것이라 할지라도 직접 목격하기는 쉽지 않습니다. 비록 눈으로 볼 수 없어도 과학적 지식을 따라가면서 어떠한 현상이 생겨나는 원리를 머리로 이해하는 것은 가능합니다.

따라서 과학적 현상에 대한 개념어를 이해하려면 일단 준비할 게 있어요. 바로 연습장입니다! 백지를 펴세요. 이제부터 눈에 보이지 않는 것을 공부할 때는 마치 보이는 것처럼 종이에 그림을 그립니다. 이때 필요한 것은 바로 상상력입니다. 머릿속에서 벌어지는 현상을 연습장에 그림으로 옮기고, 여백에 그 현상이 발생하는 원리를 메모하고, 마지막으로 마음속 카메라로 내가 그린 그림을 찰칵 찍어 기억의 폴더에 보관하는 거죠. 그렇게 정리하면 이해가 잘될 뿐만 아니라 그 이미지가 잔상으로 남아 오래도록 지식을 보존할 수 있습니다.

* 전도, 대류, 복사

곰곰이 생각해 보면 자연계에는 기적과 같은 현상이 곳곳에 숨어 있습니다. 열의 이동도 그중 하나예요. 따뜻한 것과 차가운 것이 있으면 열은 항상 높은 온도에서 낮은 온도로 이동합니다. 당연하게 받아들였던 과학적 현상이 얼마나 기적과도 같은 일인지를 알려면, 반대의 경우를 가정해 보면 됩니다. 만약 열이 낮은 온도에서 높은 온도로 이동한다면 어떤 일이 벌어질까요? 지구에는 아무것도 살아남지 못했을 것입니다. 차가운 것은 점점 더 얼어붙고, 뜨거운 것은 주위 열을 빨아들여 더 타오를 테니 말이죠. 다행스럽게도 열은 높은 온도에서 낮은 온도로 이동합니다.

열이 이동하는 방식은 매개체에 따라 세 가지가 있습니다. 전도는 고체에서 열이 이동하는 방식입니다. 주전자 바닥을 가열했을 때 손잡이까지 뜨거워지는 것이 전도입니다. 대류는 액체나 기체에서 열이 이동하는 방법입니다. 주전자 아래쪽의 뜨거운 물은 부피가 커지고 밀도가 작아진 탓에 가벼워져 위로 올라가고, 무거운 물은 아래로 내려와 다시 데워지죠. 이렇게 액체는 돌고 돌며 이쪽에서 저쪽으로 열을 전달합니다. 온풍기의 따뜻한 바람이 방 안 곳곳을 데우는 것도 같은 이치예요.

그러면 열은 물이나 공기가 없으면 이동하지 못할까요? 매개체 없는 진공 상태에서도 열이 스스로 이동할 수 있는데, 이를 복사라고 합니다. 복(輻)은 수레바퀴를 뜻하는 한자어예요. 마치 바퀴의 살처럼 사방으로 열이 번지는 것을 복사라고 합니다. 복사가 아니면 태양열은 지구에 도달할 방법이 없었을 테고 지구에 생명체가 살아가는 일도 불가능했을 것입니다.

연관 개념어) 온도, 열, 열평형, 단열, 폐열

* 지구 자기장

자기장(磁氣場)은 자석 주변에 자석의 기운이 뻗어 있는 공간을 의미해요. 지구 자기장은 마치 지구가 커다란 자석인 것처럼 지구를 중심으로 자기장이 형성된 것을 말하죠. 오지에서 길을 잃은 탐험가가 나침반으로 북쪽과 남쪽을 찾는 것은 지구의 북극과 남극에 자기장의 S극과 N극이 있기 때문이죠.

그렇다면 도대체 지구에는 어째서 자기장이 생겨났을까요? 아직 정확한 원인은 확인하지 못했지만 많은 과학자는 그 원인을 액체 상태의 외핵에서 찾을 수 있다고 생각해요. 외핵에는 자석 성분을 띠는 철과 니켈 이온이 많이 포함되어 있는데, 액체 성분의 외핵 물질이 지구 자전과 대류 운동 등의 영향으로 움직이면서 유도 전류를 만들고, 이로써 지구에 자기장이 생겨났다는 것이지요.

연관 개념어) 자기력선, 오른손 법칙, 전자석, 전동기

* 반사

거울은 참 신기한 물건이에요. 어떻게 내 모습을 되비쳐 줄 수 있을까요? 그것은 거울의 반사 현상 때문이에요. 직진하던 빛이 다른 매질을 만났을 때 그 경계면에서 되돌아오는 현상을 반사(反 돌이킬 반, 射 쏠 사)라고 합니다. 매질은 파동을 전달하는 물질이에요. 소리를 전달하는 매질은 공기죠. 우리가 거울로 내 모습을 볼 수 있는 것은 공기 중에서 나아가던 빛이 거울 면에서 반사되기 때문이에요. 매질 경계면에 수직인 선을 법선이라고 하는데, 입사 파동이 법선과 이루는 각을 입사각, 반사 파동이 법선과 이루는 각을 반사각이라 하죠. 입사각과 반사각은 항상 같은데 이를 반사의 법칙이라고 합니다.

연관 개념어) 광원, 법선, 반사각, 입사각, 상, 정반사, 난반사

* 분산

햇빛은 평소에는 눈에 보이지 않아요. 햇빛을 느낄 수 있는 결정적 순간은 무지개가 떴을 때지요. 그때는 백색이었던 햇빛이 여러 색으로 나뉩니다. 이를 분산(分 나눌 분, 散 흩어질 산)이라고 해요. 프리즘을 통과한 빛도 무지개처럼 여러 색으로 분리되지요. 분산이 생기는 이유는 빛이 프리즘이나 물방울을 통과할 때 굴절률이 다른 여러 색이 제각기 나뉘기 때문입니다. 같은 프리즘을 통과해도 빨간빛은 파장이 길어 굴절각이 작아 크게 꺾이지 않고, 보랏빛은 파장이 짧아 굴절각이 커 진행 방향이 크게 꺾인다고 해요. 이처럼 우리가 아름다운 무지개를 만날 수 있는 원리는 빛의 분산 때문입니다.

연관 개념어) 백색광, 합성, 빛의 삼원색

* 산화, 환원

산화(oxidation)는 글자 그대로 풀이하면 산소가 붙는 현상입니다. 처음에는 산화의 기준이 산소였어요. 점차 산소만으로 설명할 수 없는 다른 현상을 알게 되면서 이번에는 물질이 수소를 잃는 것으로 산화 개념이 확대됩니다. 하지만 진짜 원리는 전자의 이동이라는 것이 밝혀지면서 어떤 물질이 전자를 잃어 반응 전보다 산화수(화합물을 구성하는 각 원자에 전체 전자를 일정한 방법으로 배분하였을 때 그 원자가 가진 전하의 수)가 증가한 것을 산화라고 정의하게 되었어요. 철이 녹슬고, 포도주가 발효되고, 가솔린을 연소하여 자동차를 움직이고, 몸속 포도당이 에너지원으로 사용되는 모든 현상이 산화입니다.

산화는 항상 환원과 짝을 이루어 발생해요. 산소를 받으려면 주는 쪽이 있어야 하고, 수소를 잃으면 받는 쪽이 필요하며, 전자를 잃으면 누군가는 주어야 합니다. 산화와 대응되는 이러한 반응을 환원이라고 합니다.

연관 개념어) 산, 염기, 중화 반응, 지시약, 연소

* 확산

향이 나는 액체에 막대기를 꽂아 공간에 향이 번지게 만드는 방향제를 디퓨저(diffuser)라고 하죠. 이는 확산 현상을 활용한 상품이에요. 확산(擴 넓힐 확, 散 흩뜨릴 산)은 널리 흩뜨린다는 뜻입니다. 어떤 물질의 분자가 다른 액체나 기체 속으로 퍼져 가는 현상이지요. 물에 잉크 한 방울을 떨어뜨리면 얼마 뒤 물 전체가 잉크색으로 물드는 것이나 친구의 발 냄새가 교실 전체에 진동하는 것도 다 확산 때문입니다. 확산이 일어나는 이유는 분자가 스스로 끊임없이 움직이기 때문이에요. 기체나 액체에서 분자는 농도가 높은 쪽에서 낮은 쪽으로 이동하고, 결국 전체 농도는 균일해져요. 농도 차가 클수록, 분자 크기가 작을수록, 온도가 높을수록, 분자의 운동 에너지가 커져 확산 속도가 빨라집니다.

연관 개념어) 분자 운동, 증발, 확산 속도, 브라운 운동

* 이온 결합

소금은 나트륨과 염소가 결합한 화합물이에요. 나트륨은 전자를 11개 갖고 있어서 가장 바깥쪽 전자 궤도에 전자가 하나 돌고 있지요. 원자 번호 17번 염소는 바깥 궤도에 7개 전자를 지니고 있어요. 최외각 궤도에 8개 전자를 채워야 원자가 안정되기 때문에 나트륨은 한 개 전자를 버리고 싶어 하고, 반면 염소는 한 개 전자를 얻어서라도 8개 전자를 채우고 싶어 하죠.

결국 나트륨은 전자를 염소에 주면서 (-) 전하를 띤 전자를 잃은 탓에 나트륨의 전체적 전하는 (+)가 됩니다. 전자 하나를 얻은 염소

는 (−) 전하를 띠겠지요. 이제 나트륨 이온과 염소 이온은 서로 전하가 달라서 둘 사이에는 인력이 작용합니다. 두 이온(ion)은 결합하여 염화 나트륨이 되지요. 이처럼 두 원자가 서로 전자를 주고받아 이온이 되어 결합하는 것을 이온 결합이라고 합니다.

이온은 중성 원자가 전자를 잃거나 얻어서 전기를 띠게 된 입자를 뜻해요. 소금처럼 이온 결합으로 생성된 물질은 고체 상태로는 서로 인력이 강해 움직일 수 없다가 물에 녹으면 이온이 자유롭게 움직여 전기를 통하게 만들 수 있어요.

연관 개념어) 전자 궤도, 최외각 전자, 화학식, 분자식, 구조식, 실험식

* 공유 결합

바깥 궤도에 7개 전자를 지닌 염소 원자는 하나의 전자를 더 채워 안정된 구조를 이루고 싶어 하죠. 나트륨과 이온 결합할 때 염소 원자는 그 하나의 전자를 나트륨의 최외각 전자에서 얻어왔지요. 하지만 염소 원자 둘이 만나면 각 원자가 바깥 궤도를 도는 서로의 전자를 하나씩 공유함으로써 안정된 상태에 도달해요. 전자를 같이 쓰는 거죠. 이처럼 전기적으로는 중성인 상태에서 서로 전자를 공유함으로써 안정적인 전자 배치를 이루는 결합을 공유 결합이라고 합니다.

공유 결합은 이온 결합처럼 한 원자의 전자가 다른 원자로 이동하지 않고 공유된 전자는 양쪽 원자핵에서 동시에 잡아당기죠. 따라서 이러한 입자는 물에 녹이거나 액체 상태가 되어도 결합한 하나의 분자로 존재합니다. 탄소, 수소, 산소, 질소, 황 등의 비금속 원소들은 공유 결합으로 분자가 생성돼요. 메테인, 에테인, 에틸렌, 알코올 등

의 탄소 화합물도 공유 결합으로 만들어집니다.

연관 개념어) 공유 전자쌍

* 증산 작용

수증기가 증발하여(烝) 흩어지는(散) 현상입니다. 그럼 물이 끓는 주전자에서 수증기가 흩어지는 것도 증산 작용이라고 할 수 있을까요? 증산 작용은 식물에서 발생하는 현상이에요. 잎의 뒷면에는 공변세포가 있는데, 잎의 기공을 통해 물이 기체 상태로 식물에서 빠져나가는 것이 증산 작용입니다. 식물은 공변세포를 여닫으며 증발하는 물의 양을 조절해요. 잎이 기공을 열어 세포의 물을 공기 중으로 흩뿌리면, 식물은 부족한 물을 보충하기 위해 잎맥의 물관에서 물 분자를 끌어 올려요.

뿌리는 물을 공급하기 위해 물을 위로 밀고, 응집력이 강한 물 분자는 물관을 타고 올라옵니다. 이렇게 공급된 물이 증산 작용으로 날아가면서 기화열로 식물의 온도는 떨어지게 되지요. 증산 작용으로 식물은 세포 내 수분량을 조절하고, 식물체 안에 함유된 무기 양분의 농도를 농축합니다. 기온이 높을수록 세포가 고온에 죽지 않도록 증산 작용도 더 활발해진다고 해요. 따라서 여름철에는 식물이 메마르지 않게 더 신경 써야 합니다.

연관 개념어) 잎맥, 울타리 조직, 해면 조직, 공변세포, 광합성, 호흡

* 무조건 반사, 조건 반사

우리 몸이 외부에서 자극을 받으면 대뇌는 그 자극의 정체를 해석하

고 그에 적합한 행동을 명령합니다. 그런데 어떤 때는 대뇌의 통제 없이 즉각적이고 빠르게 반응이 뒤따르기도 해요. 이를 무조건 반사라고 합니다. 조건을 따지지 않고 일단 반응이 먼저 나오는 것이죠. 뜨거운 것에 닿으면 손이 움츠러들거나 어두운 곳에 들어가면 동공이 커지는 것, 그 밖에 하품, 딸꾹질, 재채기, 구토, 눈물 등이 모두 무조건 반사예요. 입력된 자극이 대뇌까지 가지 않고 척수, 연수, 중뇌를 거쳐 운동 신경으로 이어지는 것입니다. 외부 자극에 빠르게 반응함으로써 위험으로부터 몸을 보호하는 것이지요.

반대로 대뇌에 저장된 경험 때문에 비슷한 상황에서 대뇌가 관여하는 반응은 조건 반사라고 해요. 종을 울리며 먹이를 주었던 개가 나중에는 종소리만 듣고도 침을 흘리는 현상이 조건 반사이지요. 러시아의 과학자 이반 페트로비치 파블로프(Ivan Petrovich Pavlov)는 이 실험으로 인간의 모든 습관은 조건 반사라는 사실을 밝혀냈어요. "자라 보고 놀란 가슴, 솥뚜껑 보고 놀란다."라는 속담도 알고 보면 조건 반사를 표현한 것이지요.

연관 개념어) 신경, 뉴런, 대뇌, 소뇌, 간뇌, 연수, 척수, 반응

* 조산 운동

히말라야산맥 정상에서 암모나이트 화석이 발견되는 이유는 무엇일까요? 아주 오래전에는 그 높은 산이 바다였기 때문이지요. 어떤 시기에 땅이 위로 밀려 올라가는 바람에 예전에는 바다였던 곳이 지금은 산이 된 것입니다. 이동하던 지각의 판과 판이 만나고 부딪쳐 하나의 판이 다른 판 아래로 밀려 들어가면서 대규모 습곡 산맥이 형

성된 것입니다. 이러한 현상이 조산 운동(造 지을 조, 山 뫼 산), 말 그대로 산이 만들어지는 운동이에요.

습곡(褶 주름 습, 曲 굽을 곡) 산맥은 지층이 양쪽에서 미는 힘 때문에 휘어져 만들어진 산맥입니다. 조산 운동은 비교적 짧은 기간에 산지를 만들기에 그 지역은 지각이 불안정하여 화산과 온천이 많고 지진도 자주 발생해요. 대표적으로 환태평양 조산대, 알프스·히말라야 조산대 등이 있습니다.

연관 개념어) 화산대, 지진대, 조산대, 조륙 운동, 습곡, 단층, 부정합

2장 과정에 대한 개념어:
과정이 벌어지는 단계들을 순서도로 만드세요

한 번도 안 가 본 역을 찾아가고 싶어 지하철 앱으로 검색했어요. 무엇이 보이나요? 출발역과 목적지가 깜빡거리고, 그 길로 향하는 중간역이 차례로 우리를 인도하죠. 과정에 대한 개념어는 목적지를 향하는 지하철 노선도 같아요. 앞 단계를 지나 다음 단계를 거치며 조금씩 결과물이 완성됩니다. 중간을 건너뛰고 대충 결론만 암기하면 반드시 낭패하게 돼요. 프로세스를 아는 것이 중요한 단어들이기에 머릿속으로 순서도를 그리며 하나씩 이해하고 넘어가야 합니다.

한 가지 예를 들어 볼게요. 정전기 유도는 물체끼리 서로 마찰하지 않아도 정전기(고요히 멈춘 전기)가 대전체(전자의 이동으로 전기력을 띠게 된 물체)에 유발되는 과정을 말합니다. 어떻게 이런 마술 같은 일이 가능할까요? 그 과정은 이렇습니다. 아직 대전되지 않은 금속 근처에 전하를 띤 물건을 가까이 가져갑니다. 금속 내부에서 전자가 들썩이겠죠? 금속 안 전자는 근처로 다가온 대전체의 극성에 따라 몰려들거나 도망갈 것입니다.

대전체로 전자가 쏠리면 자연스럽게 반대쪽은 양성을 띱니다. 문지르거나 닿지 않고 그냥 살짝 다가가기만 했을 뿐인데 어느새 중성이었던 금속에 전기력이 유도된 것이죠. 이런 과정을 정전기 유도라고 합니다. 이제 머릿속 실험실에서 진행된 이 모든 과정을 동영상으로 기억해 두세요.

* 등속 운동

정지한 물체가 힘을 받으면 속력이나 운동 방향이 변합니다. 수직으로 힘을 받으면 방향이 바뀌고 수평으로 힘을 받으면 속력이 달라져요. 힘을 받은 물체가 속도 변화 없이 일정하게 이동하는 것을 등속(等 같을 등, 速 빠를 속) 운동이라고 해요.

등속 운동에는 등속 직선 운동과 등속 원운동이 있어요. 등속 직선 운동은 일정한 속도를 유지하면서 같은 방향으로 직선으로 움직이는 운동입니다. 대표적인 것이 엘리베이터, 공장의 컨베이어 벨트 같은 것이에요. 등속 원운동은 물체가 원을 그리며 일정한 속도로 도는 것입니다. 속력은 변하지 않는데 운동 방향은 원의 접선을 따라 계속 달라지지요. 지구 주위를 도는 인공위성은 등속 원운동을 하는 대표적 물체입니다.

연관 개념어) 운동, 속도, 속력, 낙하 운동, 접선, 구심력, 포물선, 진자

* 접지

전기를 사용하는 전기 기기는 자칫하면 그 자체가 하나의 커다란 대전체로 변해요. 기계에 정전기가 발생하거나 잘못되어 전기라도 흐르면 큰 사고로 이어질 수 있지요. 기계가 고장 나기도 하고 사람이 감전되어 다칠 수도 있어요. 이럴 때 전기 기기와 지면을 도선으로 연결해 놓으면 유사시 기구에서 발생한 전류가 땅으로 이동되어 위험을 막을 수 있습니다.

이러한 과정을 접지(接 접촉할 접, 地 땅 지)라고 해요. 예를 들어 주유소에서 사용하는 주유기에 정전기로 스파크가 발생하면 언제든 대형 화재로 번질 수 있습니다. 생각만 해도 아찔하지요. 이를 예방하기 위해 주유기에는 접지가 되어 있어요. 높은 건물 꼭대기에 피뢰침을 설치하는 것도 접지를 응용해 건물을 보호하는 방법이에요. 연관 개념어) 감전, 누전, 방전, 합선, 누전 차단기

* 증류

증(蒸)은 가열해 찌는 것, 류(溜)는 방울방울 떨어지는 것입니다. 증류는 혼합물이 녹아 있는 용액에 열을 가하여 끓는점에서 기화된 기체를 다시 방울방울 냉각시켜 순수한 물질을 얻는 방법을 말해요. 끓는점이 다른 여러 액체를 섞은 혼합물을 가열하면 끓는점이 낮은 물질부터 차례차례 기체로 변합니다. 그 기체를 한쪽에서 다시 냉각하면 액체 혼합물에서 물질을 분리할 수 있지요. 이러한 방법을 분별 증류라고 합니다. 원유에서 가솔린, 등유, 경유, 중유 등을 나누는 것은 분별 증류 방법을 이용한 것이에요.

연관 개념어) 거름, 추출, 재결정, 분별 결정, 크로마토그래피

* 이온화

전해질(電解質)은 물에 녹여 수용액을 만들었을 때 전류가 흐르는 물질입니다. 소금, 염화 구리, 수산화 나트륨, 아세트산 같은 것이 전해질이에요. 전해질이 물에 녹아 (+) 전하나 (−) 전하를 띠는 것이 이온화입니다. 이온화는 이온이 되는 과정을 말해요. 중성인 원자나 분자가 전자를 잃거나 얻으면 그 과정에서 전자가 이동하며 전하를 띠는데 이런 반응을 이온화라고 하지요.

대표적 전해질인 염화 나트륨($NaCl$)은 고체일 때는 이온 결합으로 단단하게 결합되어 있지만 물에 녹이면 결합이 끊어지면서 나트륨 이온(Na^+)과 염화 이온(Cl^-)으로 이온화해요. 물에 녹았을 때 물질 대부분이 이온화되면 강전해질, 물질 일부만 이온화되면 약전해질이라고 합니다. 강전해질일수록 전류가 강하게 흘러요. 설탕처럼 물에 녹아도 이온으로 나뉘지 않고 분자 형태로 존재하는 물질을 비전해질이라고 합니다.

연관 개념어) 전해질, 강전해질, 약전해질, 비전해질, 앙금, 앙금 생성 반응, 침전, 알짜 이온, 구경꾼 이온

* 무성 생식

성에 관계없이 번식하는 것입니다. 암수가 없이 혼자 번식하는 것이지요. 단세포 생물이 분열하여 자기와 똑같은 세포를 만들기도 하고, 식물이 몸 일부를 떼어 내 독립적 개체가 되기도 하는 등 무성

생식에는 여러 가지 방법이 있어요.

모세포가 DNA를 복제하여 분리된 딸세포에 나눠 주는 이분법(박테리아류), 자기 몸 일부를 분리하여 마치 싹이 돋는 것처럼 새로운 개체를 만드는 출아법(식물, 히드라, 효모 등), 식물이 씨앗을 이용하지 않고 잎, 줄기, 뿌리 같은 영양 기관을 이용해서 번식하는 영양 생식 등이 대표적 무성 생식의 형태이지요. 무성 생식은 빠르고 간편하게 번식한다는 장점이 있지만 모세포와 유전 물질이 동일해 환경 변화에 대응하기가 어렵다는 단점도 있습니다. 환경에 대처할 다양성이 떨어지니 질병에 취약하여 멸종되기도 쉬워요.

연관 개념어) 유성 생식, 발생, 난자, 정자, 수정, 화분, 수분, 속씨식물, 겉씨식물, 배

* 염색체, 감수 분열

염색체는 세포의 핵 속에 존재하며 유전 정보를 가진 물질로, 특정한 염색약으로 물들이면 현미경으로 잘 관찰할 수 있어서 염색체라고 해요. 염색체에는 생명체의 모든 유전 정보가 들어 있어요. 생물의 세포핵 안에 실이나 막대 모양으로 존재하지요. 생명을 지닌 세포는 영원히 살 수 없기에 끊임없이 분열하며 생명을 이어 가요. 이때 모세포가 새로 생긴 딸세포에 똑같은 유전 물질을 주고 가야 생물 종이 이어질 텐데, 그 일을 담당하는 것이 바로 염색체입니다.

염색체의 수와 모양은 한 생명체의 고유한 특징이에요. 사람에게는 염색체가 46개 있으며, 그중에서 두 개가 흔히 X와 Y로 표기되는 성염색체입니다. 46개 염색체 수를 유지하려면 일단 난자나 정자

의 염색체 수가 절반으로 줄어야 하겠지요. 이를 위하여 생식 세포는 체세포보다 분열을 한 번 더 해서 염색체 수를 절반으로 줄이는데, 이를 감수 분열이라고 합니다. 내 안에 엄마와 아빠의 유전자가 조화롭게 공존하는 것은 이 감수 분열 덕분입니다.

연관 개념어) 유전, 형질, 순종, 잡종, 우성, 열성, 표현형, 유전자형, 우열의 법칙, 분리의 법칙, 독립의 법칙

* 여과

일반적 의미로 여과(濾 거를 여, 過 빠져나갈 과)는 액체와 고체가 혼합된 물질을 입자의 크기 차이를 이용해 분리하는 방법이에요. 여과지에 분쇄한 커피를 넣고 끓는 물을 부으면 커피 찌꺼기만 남고 액은 아래로 걸러지는 것이 여과를 이용한 분리법이지요. 생명체 내의 콩팥에서 벌어지는 여과는 혈액의 순환 과정 중 하나입니다. 모세

혈관이 얽힌 사구체로 혈액이 밀려 들어오면 높은 압력 차이로 혈액 일부가 보먼주머니로 빠져나가는데, 이 과정이 여과이지요. 이때 분자량이 큰 단백질이나 혈구는 남고 분자량이 작은 물, 아미노산, 포도당, 요소, 무기 염류 등은 여과되어 원뇨가 돼요.

연관 개념어) 콩팥, 콩팥단위(네프론), 사구체, 보먼주머니, 세뇨관, 오줌관, 방광, 재흡수

* 체순환

순환(循 돌 순, 環 고리 환)은 돈다는 뜻입니다. 생명체에서는 혈액이 혈관을 따라 온몸을 도는 것을 순환이라고 해요. 그중에서 심실을 빠져나간 동맥혈이 온몸을 돌고 다시 심장으로 돌아오는 순환을 체순환이라고 합니다. 전신을 도는 큰 경로를 거쳤기에 대순환이라고도 해요.

심장의 좌심실에서 출발한 혈액은 대동맥, 모세 혈관, 정맥, 우심실 순서로 우리 몸을 거쳐 가죠. 산소를 많이 머금은 동맥혈은 모세 혈관에서 산소와 영양소를 조직 세포에 넘겨주고, 이산화 탄소와 노폐물을 받아 정맥을 거쳐 우심방으로 돌아옵니다. 이것이 체순환 과정이에요.

우심방으로 들어온 혈액은 우심실을 거쳐 양쪽 폐로 이동하고, 거기서 이산화 탄소를 주고 산소를 받아들여 다시 좌심방으로 들어와요. 이처럼 심장에서 출발한 혈액이 허파를 돌고 다시 심장으로 돌아오는 순환을 폐순환이라 합니다.

연관 개념어) 심방, 심실, 동맥, 정맥, 모세 혈관, 혈압, 맥박, 폐순환

* 선상지

부채 모양의 땅(扇 부채 선, 狀 모양 상, 地 땅 지)이라는 뜻이에요. 강 상류에서 급한 경사를 따라 돌이나 흙을 실어 나르던 물이 산 아래 완만한 평지를 만나면 운반해 오던 것들을 그곳에 내려놓게 되지요. 무거운 돌은 먼저 가라앉고 가벼운 모래는 멀리까지 운반되어 퇴적되므로 멀리서 보면 마치 넓게 퍼진 부채와 같은 모양을 이루게 돼

요. 선상지는 험준한 산이 평지가 만나는 점에서 잘 형성되므로 우리나라처럼 노년기 지형에서는 잘 만들어지지 않아요.
연관 개념어) 풍화, 침식, 퇴적, V자 계곡, 곡류, 우각호, 삼각주

* 단열 팽창, 단열 압축

단열(斷 끊을 단, 熱 열 열)은 외부에서 열을 공급하지도, 외부로 열을 뺏기지도 않는 것을 말해요. 외부와 열의 출입을 막은 상태에서 공기의 부피를 팽창시키면 넓어진 공간에서 기체 분자들의 활동량이 늘어나면서 운동 에너지를 소비하여 결국 공기의 온도가 내려가요. 뜨거운 땅에서 데워진 공기가 산을 타고 올라가면 기압이 낮아져 단열 팽창을 하면서 기온이 떨어집니다. 결국 낮아진 기온 탓에 수증기가 응결되며 구름이 만들어지지요.

반대로 단열 팽창했던 공기가 산을 내려가면 압력이 증가하여 공기의 부피가 감소하고, 결국 뜨겁고 건조한 공기가 생겨나요. 태백산맥의 높새바람은 이와 같은 공기의 단열 변화 과정에서 발생해요.
연관 개념어) 포화 수증기압, 이슬점, 상대 습도

* 판 구조론(板 널빤지 판)

독일의 과학자 알프레트 로타르 베게너(Alfred Lothar Wegener)는 대륙 이동설을 주장했어요. 현재 우리가 사는 대륙들이 원래는 거대한 하나의 초대륙이었는데 조금씩 갈라지고 움직여 지금에 이르렀다는 것입니다. 그러나 알프레드 로타르 베게너가 살아 있을 때까지는 그의 주장을 뒷받침할 만한 근거를 찾지 못했어요. 하지만 그가

죽은 뒤 지구 과학은 발전을 거듭하여 그의 주장에 근거가 될 만한 새로운 이론들이 속속 등장했지요. 그중 하나가 판 구조론이에요..

현대 과학은 지구 내부 구조까지 밝혀냈어요. 지구는 중심에 내핵과 외핵이 있고, 그 위에는 맨틀이 있고, 가장 겉에는 우리가 사는 지표가 있습니다. 그런데 지각 아래부터 2,900km에 이르는 맨틀이 액체처럼 대류한다는 '맨틀 대류설'이 대두되었어요. 맨틀 대류설에 따르면, 맨틀이 움직임에 따라 그 위 땅덩어리도 함께 갈라지고 떨어져 나간다는 것이죠.

판 구조론은 널빤지처럼 판을 이룬 이 땅덩어리들이 떨어져 나가 지금의 대륙을 이루었다는 주장이에요. 대륙 이동설의 근거가 되는 이론이지요. 이러한 판들이 움직이면서 지구에는 조산 운동, 화산 활동, 지진 등과 같은 여러 변화가 나타납니다.

연관 개념어) 대륙 이동설, 해저 확장설, 해령, 해구

3장

성질에 대한 개념어:
그 성질이 일상생활에서 어떻게 나타나는지 연결하세요

먼저 한자의 뜻을 찾아보세요. 폐열, 비열, 척력 등과 같은 용어들은 일상생활에서는 만날 일이 별로 없어요. 문맥이나 정황으로 짐작하는 것이 불가능하다는 뜻이지요. 한자를 해석하지 못하면 말 자체가 막연하고 어려워서 머릿속에 개념이 똑바로 서기가 어렵습니다.

반대로 한자의 의미만 알면 모든 것이 손쉽게 해결돼요. 척력이라는 말은 낯설지만 '미는 힘'은 직관적으로 쏙 들어오지요. 비열 하면 비열한 악당이 먼저 떠오르지만 '비(比)'가 '비율'이라는 것을 알면 '어떤 물질의 온도를 올리기 위한 열의 상대적 비율'이라는 감각이 생겨납니다.

낯선 어휘를 정복한 후에는 반대로 이 개념이 친숙한 일상에서 적용되는 사례를 찾아보세요. 못 쓰게 되는 물건을 폐품이라고 하는 것처럼, 공장에서 기계를 작동하거나 냉난방 기구를 사용하면서 증기나 가스 형태로 버려지는 열을 폐열이라고 합니다. 소각장에서 쓰레기를 태울 때 발생하는 열에너지도 폐열이지요. 곰곰이 생각해 보면 과학적 성질을 일러 주는 개념어들이 일상 곳곳에 숨어 있어요.

* 인력, 척력

인력(引力)은 끌어당기는 힘입니다. 척력(斥力)은 인력의 반대, 즉 밀어내는 힘이죠. 같은 전하를 띤 물체는 밀어내는 힘, 척력이 작용하고 다른 전하를 띤 물체는 당기는 힘, 인력이 작용합니다. 이런 힘은 어디서 또 관찰할 수 있을까요? 자기력입니다. 자석의 N극과 S극 사이에는 (+) 전하와 (－) 전하처럼 인력과 척력이 작용합니다.

'만유인력'은 질량을 지닌 이 세상의 모든 물질이 서로를 끌어당기는 힘입니다. 이런 관점에서 생각해 본다면 나와 성격이 정반대인 타인에게 매력을 느끼고 끌리는 것도 어쩌면 자연스러운 현상일지 모릅니다.

연관 개념어) 중력장, 전기장, 지구 자기장, 자기력선, 오른손 법칙, 전자석

* 탄성

누군가 내 얼굴 앞에서 고무 밴드를 반대 방향으로 잡아당긴다고 상상해 보세요. 생각만 해도 긴장되며 눈이 질끈 감깁니다. 당겼던 손을 놓치기라도 하면 고무줄이 내 얼굴을 찰싹 때릴 줄 알기 때문이지요. 이처럼 외부에서 가한 힘이 사라지면 처음 상태로 돌아가려는 성질을 탄성이라고 합니다. 용수철과 같은 금속, 풍선과 같은 고무 등이 탄성을 지닌 대표적 물질이에요. 물질이 탄성을 지니는 원인은

내부의 분자 구조에 따라 조금씩 다릅니다.

탄성은 일상 용어로 탄력성이라고도 해요. 역경이나 시련을 겪은 사람들이 그 좌절의 힘을 발판 삼아 오히려 더 크게 발전하는 것을 심리학적으로 '회복 탄력성'이라고 합니다. 당겼다 놓은 용수철처럼 고난을 겪기 전보다 더 훌륭한 사람으로 성장하는 것이지요. 시험과 공부에 따르는 스트레스가 당장은 견디기 힘든 고통을 주지만 회복 탄력성이 높은 학생들은 그것을 극복하면서 더 멋지고 성숙한 사람으로 도약한답니다.

연관 개념어) 마찰력, 부력, 합력, 평형

* 관성

관(慣)은 버릇입니다. 익숙한 것을 유지하려는 성질이 관성입니다. 정지한 물체는 별다른 일이 없으면 계속 멈춰 있고 움직이던 물체는 마찰력이나 중력이 방해하지만 않는다면 하던 대로 움직이려는 성질이 관성이에요. 달리던 차가 급브레이크를 밟았을 때 사람들이 앞으로 쏠리는 것이 생활에서 경험할 수 있는 관성의 사례입니다. 달리던 대로 앞으로 나아가고자 하던 몸이 브레이크로 갑작스레 멈추자 앞으로 쏠리게 되는 것이죠. 반대로 서 있던 차가 급출발하면 사람들이 뒤로 꽈당 넘어지는 것도 같은 이치예요. 뉴턴의 운동의 세 가지 법칙 중 제1법칙이 '관성의 법칙'입니다.

연관 개념어) 운동, 속력, 속도, 직선 운동, 낙하 운동, 원운동

* 비열

한여름 바닷가를 떠올려 봅시다. 모래사장은 타는 듯 뜨겁고 바닷물은 땅보다 훨씬 시원합니다. 똑같은 햇볕을 받았는데 이 차이는 왜 생겨날까요? 물과 모래가 비열이 달라서 그렇습니다. 비열은 어떤 물질 1g의 온도를 1°C 상승시키는 데 필요한 열의 양입니다. 물은 우리 주변의 모든 물질 가운데 비열이 가장 큽니다. 그러니 태양 에너지를 같은 양 받아도 땅 온도를 올리는 것보다 물 온도를 올리는 것이 훨씬 어렵지요. 바닷가에서 낮에는 해풍이 불고 밤에는 육풍이 부는 것도 이처럼 물과 모래의 극심한 비열 차이 때문입니다. 물보다 비열이 낮은 기름은 같은 시간 가열해도 빨리 끓어오르죠. 몸의 70%가 물로 이루어진 사람은 물의 높은 비열 덕분에 일정한 체온을 유지할 수 있답니다.

연관 개념어) 열량, 열용량, 열팽창, 바이메탈

* 정전기

도선을 타고 전기가 흐르는 것과 달리 전기가 한군데 정지한 것을 정전기(靜 고요할 정, 電 전기 전, 氣 기운 기)라고 해요. 고요히 머물러 있는 전기라는 뜻입니다. 평소 전기가 발생하지 않던 물체가 서로 마찰하면서, 원자핵 주변을 돌던 전자가 다른 물체로 옮겨 가며 전하가 발생한 것이 정전기입니다. 마찰 때문에 생겨난 전기이니 마찰 전기라고도 해요. 일상에서는 수많은 물체가 서로 끝없이 부딪치는데, 그때마다 조금씩 전기가 발생합니다.

이때 생긴 전기는 저장되었다가 한계치를 넘긴 어느 순간 적당한 도체를 만나 찌릿 불꽃으로 튀어 올라요. 겨울철에 스웨터를 벗거나 쇠로 된 방문 손잡이를 잡거나 했을 때 따가웠던 원인이 바로 정전기 때문입니다. 복사기는 정전기 원리를 이용한 기계예요.

연관 개념어) 대전, 원자, 원자핵, 전자, 도체, 부도체, 정전기 유도

* 끓는점

순수한 액체를 계속 가열하면 온도가 점점 높아지다가 어느 순간 변화를 멈추고 일정한 온도가 유지되지요. 이 지점에 도달하면 액체는 서서히 기체로 변하는데, 이 온도를 그 물질의 끓는점이라고 합니다. 끓는점에서 아무리 가열을 지속해도 온도가 계속 오르지 않고 일정하게 유지되는 까닭은 가열로 인한 열에너지를 모두 액체를 기체로 만드는 데 쓰기 때문이에요. 따라서 끓는점에서는 그 물질의 액체와 기체 상태가 공존한다고 볼 수 있어요. 끓는점은 순수한 물질의 고유한 특성이므로 끓는점으로 어떤 물질을 구별하는 것이 가

능합니다. 물의 끓는점은 1기압일 때 항상 100℃예요.

연관 개념어) 특성, 겉보기 성질, 녹는점, 어는점, 밀도

* 형질

여러분 머리카락은 무슨 색인가요? 직모인가요, 곱슬머리인가요? 눈동자는 무슨 색이죠? 쌍꺼풀인가요, 외꺼풀인가요? 사람의 생김새는 저마다 다릅니다. 우리가 어떤 모습으로 살아갈지에 대한 정보는 이미 유전자에 저장되어 있어요. 이처럼 생명체의 여러 특징 중에서 유전의 영향으로 발생한 속성을 형질 혹은 유전 형질이라고 해요.

눈에 보이는 겉모습뿐만 아니라 두뇌, 식성, 질병 등 유전자 때문에 생겨난 모든 특징이 다 형질이에요. 식물도 꽃의 색깔, 암술과 수술, 잎 모양 등 유전 형질이 여러 가지 있어요. 어떤 형질은 대립하는 모습으로 드러날 때도 있는데, 이것은 하나의 형질에 특정 유전자가 쌍을 이루고 관여하기 때문이에요. 둥근 완두콩과 주름진 완두콩, 황색 완두콩과 녹색 완두콩 같은 쌍이 그것이죠. 이러한 것을 대립 형질이라고 합니다.

연관 개념어) 순종, 잡종, 자가 수분, 우성, 열성, 표현형, 유전자형, 획득 형질

* 조흔색

광물은 지각 속에 섞여 있는 천연의 무기질로 화학 성분이 일정하고 전체적으로 균질한 물질입니다. 암석은 여러 광물로 되어 있어요. 광물은 작은 불순물만 섞여도 겉에서 볼 때 색깔이 많이 달라지지요. 조흔색(條 나뭇가지 조, 痕 흔적 흔)은 나뭇가지로 줄을 긋고 그

흔적을 살펴보는 것처럼 조흔판(조흔색을 판별하기 위해 제작한 초벌구이 도자기판)에 줄을 그었을 때 드러나는 광물 특유의 색깔을 말합니다.

조흔색은 광물마다 달라서 광물을 구별하는 고유한 성질 중 하나예요. 가령 금, 황동석, 황철석은 겉보기에는 모두 노란색이라서 옛날 사람들은 황철석을 금으로 착각하는 일이 많았습니다. 하지만 각 광물의 조흔색은 노랑, 초록, 검정으로 확연하게 달라서 이 같은 검증을 하면 가짜 금과 진짜 금을 헷갈릴 일은 없겠지요.

연관 개념어) 광물, 조암 광물, 석영, 장석, 운모, 각섬석, 방해석, 휘석, 감람석

4장 명칭에 대한 개념어:
단원별로 개념어들을 한 묶음으로 만들어 기억하세요

과학 과목의 명칭에는 전문 용어가 많습니다. 따라서 그 단어는 그 것이 포함되어 있는 단원명과 반드시 한 묶음으로 기억해야 합니다. 컴퓨터 하드 디스크에 서브 폴더를 만들고 꼼꼼하게 폴더 이름을 붙여 두는 것과 비슷한 일이죠. 폴더 이름만 읽어도 원하는 정보를 단박에 찾을 수 있는 지능형 컴퓨터 말이에요.

예를 들어 '사구체'와 '보먼주머니'는 우선 생물 → 동물 → 배설 → 콩팥 순서로 생각의 위계를 만든 후 최종 폴더에 개념어를 보관해야 해요. 우리가 공부한다는 것은 정보를 넣는 과정에 이어 꺼내는 과정까지 원활하다는 것을 뜻합니다. 열심히 집어넣었는데 정작 어디에 있는지 찾을 수 없다면 헛고생한 것이죠. 입력했던 내용을 필요한 순간에 재깍 출력할 수 있으려면 그것이 내가 잘 아는 곳에 저장되어 있어야 합니다.

한편 이런 명칭은 전체적 지식의 일부를 이루는 파편인 경우가 많습니다. 작은 퍼즐이 모여 큰 지식의 시스템을 완성하는 것이죠. 그렇기에 한두 개 용어만 공부하고 나머지를 간과한다면, 한두 개만 아는 것이 아니라 한두 개도 모르는 것이 됩니다. 부분적 지식은 그것이 어떤 맥락에서 연관된 것인지 파악할 수 있어야 궁극적 이해에 도달하기 때문에 그렇습니다.

편마암에 대해 잘 안다고 말하려면 편마암의 정의와 성질뿐만 아니라 편마암이 아닌 암석들까지 나열할 수 있어야 해요. 암석에는 어떤 종류가 있고, 각 중분류를 나누는 기준은 무엇이고, 거기에 해당하는 구체적 사례는 무엇이며, 결국 편마암은 그중 어디에 해당하는지까지 정돈할 수 있어야 하지요.

이렇게 분류가 중요한 지식을 다룰 때는 표가 유용합니다. 연습장에 표를 그리고 가로선과 세로선을 나누는 기준을 먼저 쓰고 나서 빈칸에 해당하는 사례를 채우는 것이지요. 과학의 달인이 되려면 필요할 때마다 뚝딱 표로 정리할 줄 알아야 합니다.

* 바이메탈(bimetal)

두 개(bi) 금속(metal)이라는 의미예요. 물체가 열을 받으면 분자 운동이 활발해져 부피가 늘어납니다. 이런 것을 열팽창이라고 해요. 열팽창 정도는 물체마다 다른데 바이메탈은 열팽창 계수가 크게 차이 나는 좁고 긴 금속판을 맞붙여 하나의 막대 형태로 만든 물체예요. 철과 구리를 붙인 것이 대표적이지요.

이렇게 제작된 바이메탈에 열을 기하면 맞붙은 두 금속은 열팽창 정도가 달라서 서로 늘어난 정도도 달라집니다. 구리는 많이 늘어나고 철은 잘 늘어나지 않지요. 그런데 둘은 이미 단단히 붙어 있으니 결과적으로 열팽창 계수가 큰 구리가 열팽창 계수가 작은 철 쪽으로 구부러지게 됩니다. 반대로 온도가 낮아지면 열팽창 계수가 더 큰 금속으로 구부러지게 되지요. 바이메탈은 전열 기구의 회로에 연결되어 온도 변화에 따라 전원을 자동으로 켜거나 끄는 용도로 많이 활용돼요. 대표 제품이 전기 포트, 전기다리미 같은 것이에요.

연관 개념어) 열량, 비열, 열용량, 열팽창

* 역학적 에너지(mechanical energy)

역학(力學)은 물체의 운동에 관한 법칙을 연구하는 학문이에요. 에너지는 물체가 일할 수 있는 능력을 말합니다. 즉 역학적 에너지는 운동하는 물체가 발생하는 에너지, 즉 운동 에너지와 위치 에너지를 의미합니다. 운동하는 물체의 에너지가 증가하려면 어떤 조건이 필요할까요?

무거운 물질이 빠르게 움직일수록 에너지가 커집니다. 운동 에너지는 운동하는 물질의 질량에 비례하고 운동 속력의 제곱에 비례하지요. 위치 에너지는 중력장에서 높은 곳에 위치하는 물체가 낙하하면서 발생하는 에너지예요. 가벼운 물체보다 무거운 물체가 낮은 곳보다 높은 곳에서 떨어지면 더 큰 에너지가 생겨나지요.

높은 곳에서 출발한 롤러코스터는 아래로 떨어지며 점점 속도가 빨라집니다. 내려오는 동안 롤러코스터의 위치 에너지는 감소하지만, 그 대신 속력이 빨라지며 운동 에너지는 증가하지요. 열차가 다시 높은 곳으로 올라가면 이번에는 반대로 속력이 줄어 운동 에너지는 감소하고 위치 에너지는 커집니다. 이처럼 물체는 운동 과정에서 역학적 에너지를 서로 주고받기도 하는데, 이를 역학적 에너지의 전환이라고 합니다.

연관 개념어) 운동 에너지, 위치 에너지, 역학적 에너지 전환, 역학적 에너지 보존

* 전하

물체는 보통 전기적으로 중성 상태를 유지합니다. 그런데 외부의 힘 때문에 평형이 깨지면 전자가 이동하면서 (+) 전기나 (-) 전기를 띠게 되지요. 이러한 현상을 대전(帶電, 전기를 띰)이라 합니다. 물체가 대전되어 전기적 성질을 띠었을 때 그 전기의 양을 전하(電 전기 전, 荷 짊어질 하)라고 합니다.

전하에는 (+) 전하와 (-) 전하가 있는데 전하가 이동하는 것이 전류예요. 전하는 정전기나 전류뿐 아니라 모든 전기 현상이 발생하는 근원이라고 할 수 있어요. 전하는 전기와 같은 개념으로 사용되지요. 같은 전하 사이에는 서로 밀어내는 척력이 작용하고, 다른 전하 사이에는 서로 잡아당기는 인력이 작용해요. 한 지점을 지나가는 전하의 총량을 전하량이라고 하며 단위는 C(쿨롱)이에요. 1C은 도선에 1A(1암페어)의 전류가 흐를 때 1초 동안 전선을 통과하는 전하량을 말합니다.

연관 개념어) 전류, 전압, 전지의 직렬 연결, 전지의 병렬 연결

* 파동

경기장에서 관중이 파도타기 응원을 하는 모습을 본 적이 있나요? 사람들이 자기 차례가 되었을 때 일어섰다가 앉았을 뿐인데 멀리서 보면 마치 운동장 전체에 큰 물결이 움직이는 것처럼 파도가 생겨나지요. 이러한 원리로 에너지가 이동하는 방식이 파동(波 물결 파, 動 움직일 동)입니다. 즉 어느 한곳에서 생겨난 진동이 자신이 직접 움직이지 않은 채 매질을 통해 이웃 물질에 차례로 전달되는 것을 말해요. 매질은 파동을 전달하는 물질을 뜻합니다.

　자연에는 물결파, 음파, 지진파, 전자기파 등 여러 형태의 파동이 있어요. 소리나 지진은 매질이 필요하지만 빛이나 라디오파는 진공에서도 파동을 일으킬 수 있지요. 전기장과 자기장이 서로 유도하는 방식으로 파동이 진행되는 것은 전자기파라고 해요.

연관 개념어) 진동, 매질, 파장, 진폭, 주기, 진동수, 종파, 횡파

* 보일의 법칙(Boyle's law), 샤를의 법칙(Charles's law)

기체 속 분자들은 쉴 새 없이 움직이기 때문에 서로 충돌하면서 기체의 압력이 발생해요. 분자 수가 많을수록, 분자의 운동 속도가 빠를수록 충돌하는 횟수가 많아져 기체의 압력도 높아지지요. 보일의 법칙은 기체의 압력과 부피 사이의 이런 상관관계를 설명한 법칙이에요. 다른 조건이 동일하고 기체의 부피만 줄인다면 좁은 공간 속 분자들이 서로 충돌하는 횟수가 늘어나 기체의 압력이 높아지게 됩니다. 기체의 부피가 2배, 3배 증가할 때마다 압력은 1/2배, 1/3배가 되어 기체의 압력과 부피를 곱한 값은 일정하게 유지돼요.

샤를의 법칙은 압력이 일정할 때 일정량의 기체는 온도가 1℃ 증가할 때마다 0℃ 때 부피의 1/273씩 증가한다는 이론이에요. 간단하게 말해 기체의 온도가 높아지면 기체 분자의 운동이 활발해져 서로 부딪치는 횟수가 증가해서 압력이 커지고, 결과적으로 부피가 증가하게 된다는 것이지요. 같은 원리로 온도가 낮아지면 기체의 부피도 줄어들어요. 여름날의 타이어는 겨울철보다 땡땡해져서 여름이 오기 전에 공기를 조금 빼주는 것도 샤를의 법칙을 응용하는 예시라 할 수 있어요.

연관 개념어) 압력, 기체의 압력

* 주기율표

지구에는 특징이 서로 다른 원소들이 무려 118개나 있어요. 이 원소들을 원자 번호 순서대로 배열하면 물리·화학적으로 비슷한 성질을 보이는 주기가 드러나죠. 이런 경향을 주기율이라 하고, 그것을 보기 좋게 표로 정리한 것을 주기율표라고 해요. 주기율표에서 세로줄을 '족'이라 하는데, 총 18족까지 있어요. 같은 족 원소들은 화학적으로 유사한 특징이 있지요.

가령 1족은 수소를 제외하면 대부분 금속이고, 18족은 전부 반응성이 없는 비활성 기체예요. 가로줄은 '주기'라고 하며 같은 주기 원소는 모두 같은 수의 전자껍질을 지니고 있어요. 원소들은 1주기부터 7주기까지 배열이 가능하지요. 주기율표는 러시아의 화학자 드미트리 이바노비치 멘델레예프(Dmitrii Ivanovich Mendeleev)가 처음 만들었고, 이후 조금씩 수정되어 현재 우리는 영국의 화학자 헨리 귄 제프리스 모즐리(Henry Gwyn Jeffreys Moseley)의 주기율표를 사용합니다.

연관 개념어) 원소, 원자, 원자설, 원자핵, 양성자, 중성자, 전자, 원소기호, 금속, 비금속, 주기, 족

* 혼합물, 화합물

물, 설탕, 소금처럼 다른 물질이 섞이지 않고 한 종류로만 이루어진 물질을 순물질이라고 해요. 순물질은 끓는점, 녹는점, 밀도 등과 같은 물질 고유의 특성을 보이지요. 순물질이 다른 물질과 섞이는 방식에는 두 가지가 있어요.

첫 번째는 단순히 물리적으로 섞여만 있는 것입니다. 섞인 물질들은 자기 고유의 특징을 잃지 않고 보존하고 있지요. 이렇게 만들어진 물질을 혼합물이라고 합니다. 소금물, 설탕물, 공기처럼 전체적으로 고르게 섞인 균일 혼합물도 있고, 흙탕물, 우유, 콘크리트 등과 같이 측정하는 부분에 따라 구성 성분이 다른 불균일 혼합물도 있어요.

한편 화합물은 서로 다른 물질이 단순하게 혼합된 것이 아니라 화학적 결합으로 전혀 새롭게 탄생한 물질을 말해요. 화합물은 그 자체가 다시 순물질에 해당하므로 물질 고유의 여러 특징을 드러냅니다. 예를 들어 소금은 나트륨 이온과 염화 이온의 이온 결합으로 생성되었지만, 나트륨이나 염소의 특징은 볼 수 없어요. 이제는 둘이 합쳐져 탄생한 소금의 특징만 나타내는 것이지요. 수소와 산소의 공유 결합으로 이루어진 물도 마찬가지예요. 이러한 물질들을 화합물이라고 합니다.

연관 개념어) 순물질, 홑원소 물질, 공유 결합, 공유 전자쌍, 이온 결합, 화학식, 균일 혼합물, 불균일 혼합물

* 크로마토그래피(chromatography)

혼합물에서 다시 원래의 순물질을 분리해 내는 데는 여러 가지 방법이 있어요. 주로 끓는점이나 용해도 등과 같은 물질 고유의 성질을 이용하지요. 크로마토그래피는 그중에서 혼합된 여러 성분이 흡착제를 이동할 때 서로 속도 차이가 난다는 점을 이용해 분리하는 방법입니다. 어떤 용매에 여러 물질이 녹아 있을 때 이 용액을 종이나 얇은 막과 같은 고정된 흡착제를 통과하도록 하면 각 물질의 질량이나 흡착성 정도에 따라 시작점으로부터 이동 거리가 달라져요. 처음에 이 실험이 식물의 색소를 분리하는 데 사용되었으므로 'chromato(색깔)+graphy(그림)'라는 이름이 붙었습니다.

크로마토그래피는 아주 미세한 성분까지 분리할 수 있어 유전자 검사, 의약품 성분 분석 등과 같이 정교한 분석이 필요한 분야에서 활용되고 있어요. 운동선수의 혈액이나 소변을 채취하여 불법 약물 투여 여부를 검사하는 약물 테스트에서도 크로마토그래피 원리가 활용됩니다.

연관 개념어) 분별 증류, 거름, 추출, 재결정, 분결 결정

* 미토콘드리아(mitochondria)

생명체가 살아가려면 에너지가 필요해요. 생물의 각 세포는 포도당과 같은 영양소를 이용해 에너지를 만들어 내는데, 그 기능을 담당

하는 세포 내 소기관이 미토콘드리아입니다. 그 모양이 공이나 용수철처럼 생겼으므로 그리스어로 실을 뜻하는 미토스(mitos)와 알갱이나 입자를 의미하는 콘드린(chondrin) 두 단어를 합쳐 이름을 만들었지요. 산소를 이용해 생명체의 에너지원인 아데노신삼인산(ATP)을 생성하므로 세포 내 발전소라고도 불려요. 거의 모든 진핵세포에서 발견되며 호흡이 활발한 세포일수록 미토콘드리아를 많이 지니고 있어요.

연관 개념어) 세포, 핵, 세포막, 세포벽, 세포질, 엽록체, 액포

* 공변세포

말 그대로 구멍의 가장자리(孔 구멍 공, 邊 가장자리 변)를 둘러싼 세포입니다. 어떤 구멍일까요? 식물 잎에 있는 기공이에요. 식물 잎의 표면에는 공기나 물이 드나드는 작은 구멍이 있는데, 이를 기공이라고 합니다. 식물은 기공을 통해 이산화 탄소나 산소를 교환하기도 하고, 물을 내보내 체온을 조절하기도 해요.

식물은 필요에 따라 기공을 열거나 닫아야 하는데, 기공 가장자리를 둘러싸고 구멍을 여닫는 일을 담당하는 세포가 바로 공변세포예요. 공변세포는 잎의 앞뒷면에 두루 있고, 그 안에 엽록체도 갖고 있어요.

연관 개념어) 잎맥, 표피, 울타리 조직, 해면 조직, 기공, 증산 작용, 광합성

* 소화 효소

효소는 우리 몸에서 화학 반응이 빠르게 일어날 수 있도록 도와주는

물질을 말해요. 소화는 우리가 먹은 음식물 속 영양소가 몸에 흡수될 정도로 잘게 분해되는 과정입니다. 음식물은 대부분 분자량이 큰 고분자 유기 화합물인데, 이런 것들은 분자량이 커서 소화관의 작은 세포막을 통과할 수 없어요. 입에서 잘게 씹고 위나 장에서 섞어 보아도 아직 세포 안으로 흡수되기에는 너무 크지요.

소화 효소는 이와 같은 소화 과정이 빠르게 일어나도록 도와주는 효소입니다. 만약 소화 효소가 없다면 아무리 영양가 높은 음식을 먹어도 영양소가 몸에 흡수되지 않고 그대로 배설될 거예요. 아밀레이스, 펩신, 트립신, 리파아제 등의 소화 효소는 단백질, 탄수화물, 지방과 같은 유기 영양소를 분해하는데, 이들은 입, 위, 이자, 간, 작은 창자 등에서 분비되지요.

연관 개념어) 소화, 입, 식도, 위, 이자, 소장, 대장, 간, 아밀레이스, 펩신, 트립신, 리파아제

* 콩팥단위(네프론nephron)

우리 몸에 있는 콩팥(신장)은 몸에 생긴 노폐물을 오줌으로 내보내는 배설 작용을 합니다. 콩팥은 콩팥단위라는 기본 단위로 이루어져 있어요. 수많은 콩팥단위가 모여 콩팥이라는 조직을 만듭니다. 사람의 신장에는 콩팥단위가 1백만 개 이상 있어요. 혈액이 콩팥을 통과하면서 혈액에 있던 노폐물이 걸러지는데 그 기능을 하는 곳이 콩팥단위예요. 콩팥단위는 사구체, 보먼주머니, 세뇨관으로 구성되어 있지요.

연관 개념어) 배설, 콩팥, 사구체, 보먼주머니, 세뇨관, 오줌관, 방광, 여과, 재흡수, 분비

* 뉴런(neuron)

"길을 걷는데 뒤에서 누가 내 이름을 불러 고개를 돌립니다." 단순해 보이는 이 행동을 하려면 우리 몸의 여러 신경 기관이 단계를 거치며 민첩하게 움직여야 합니다. 뉴런은 이러한 신경 기관을 이루는 기본 세포를 뜻합니다. 신경 세포인 뉴런은 보통 세포들과 조금 다른 모양을 하고 있어요.

핵과 세포질이 있는 신경 세포체가 있고, 신경 세포체에서 자극을 받아들이는 가지 돌기와 받아들인 자극을 다른 뉴런에 빠르게 전달하는 긴 축삭 돌기가 뻗어 있지요. 뉴런이라는 말의 그리스어 어원은 밧줄이에요. 내 이름을 부르는 자극이 오면 감각 기관이 그 소리를 듣고, 감각 뉴런이 자극을 대뇌로 전달하고, 연합 뉴런이 판단과 명령을 내리고, 운동 뉴런이 그 명령을 전달하고, 마지막으로 운동 기관이 고개를 돌려 뒤를 돌아보게 됩니다.

연관 개념어) 신경, 신경계, 뇌, 대뇌, 소뇌, 중뇌, 간뇌, 연수, 척수

* 뇌하수체

우리 몸에서 벌어지는 여러 생리적 현상을 조절하는 물질은 호르몬이에요. 생명체는 호르몬으로 외부 환경과 상관없이 신체 상태를 일정하게 유지할 수 있지요. 호르몬은 몸속 다양한 곳에서 분비되는데, 몸에서 호르몬을 분비하는 이런 기관을 내분비샘이라고 합니다. 분비물을 몸 안으로 분비하는 샘이라는 뜻이지요. 콧물이나 땀처럼 분비물을 몸 밖으로 배출하는 땀샘, 눈물샘 등은 외분비샘이라고 해요.

뇌하수체(腦 뇌 뇌, 下 아래 하, 垂 드리울 수, 體 몸 체)는 가장 중요한 내분비샘이에요. 말 그대로 뇌 아래쪽에 드리워져 있지요. 뇌하수체에서는 다양한 호르몬이 분비되며 심지어 다른 내분비샘의 기능을 촉진하는 호르몬까지 분비하니, 뇌하수체는 모든 호르몬을 지배하는 호르몬의 왕이라고 할 수 있어요. 난자와 정자의 형성을 촉진하는 생식샘, 티록신을 분비하는 갑상샘, 아드레날린 분비에 간여하는 부신 피질 호르몬, 혈당을 조정하는 인슐린이나 글루카곤 등도 모두 뇌하수체 호르몬이 조절해요. 아이들의 성장을 촉진하는 성장 촉진 호르몬도 뇌하수체에서 분비됩니다.

연관 개념어) 내분비샘, 외분비샘, 갑상샘, 부신, 이자, 정소, 난소

* 화성암

암석은 겉으로는 다 비슷비슷해 보일지도 몰라요. 하지만 만들어지는 과정이 각기 다르고 그에 따라 구성 물질이나 성질도 조금씩 다릅니다. 화성암(火 불 화, 成 이룰 성, 巖 바위 암)은 말 그대로 불로 만들어진 암석이에요. 지구 내부의 높은 온도 때문에 생겨난 마그마가 굳으면서 화성암이 만들어지죠.

화성암은 마그마가 어디서 식었는지에 따라 크게 심성암과 화산암으로 구분합니다. 심성암(深 깊을 심, 成 이룰 성, 巖 바위 암)은 땅 깊은 곳에서 서서히 식어 만들어진 암석이고, 화산암(火山巖)은 화산 활동으로 마그마가 지표로 터져 나오거나 지표 근처까지 올라와 급히 굳어진 암석이에요. 화성암의 색은 암석에 함유된 원소에 따라 달라지는데, 철이나 마그네슘이 많을수록 어두운색, 산소나 규소가

많을수록 밝은색을 보입니다.

연관 개념어) 조립질, 세립질, 화강암, 섬록암, 반려암, 현무암, 안산암, 유문암

* 퇴적암

말 그대로 퇴적(堆 쌓을 퇴, 積 쌓을 적)된 물질이 단단하게 굳어 암석이 된 것입니다. 풍화 작용으로 분해된 암석 물질, 화산 분출물, 동식물에서 비롯한 물질 등이 바다, 호수, 강, 사막, 빙하 같은 여러 지표에 쌓여 굳으면 퇴적암이 만들어져요. 쌓인 물질은 층 모양 무늬를 만드는데 이를 '층리(層離, 층으로 나뉜 것)'라고 합니다. 우리가 지표에서 볼 수 있는 암석 중 가장 흔한 암석이 바로 퇴적암이에요.

퇴적암을 연구하면 각 물질이 퇴적될 당시 지구 환경을 추측할 수 있어요. 퇴적암에는 생명체, 기후, 지형 등에 대한 정보가 담겨 있어 이를 통해 생명 진화의 역사도 밝혀낼 수 있습니다. 그래서 퇴적암을 지구 역사의 기록이라고도 하지요. 퇴적암 이름은 퇴적물 종류에 따라 달라집니다. 한편 화성암과 퇴적암이 지하 깊은 곳에서 높은 열과 압력을 받으면 암석의 성질이 변하는데, 이를 변성암(變 변할 변, 成 이룰 성, 巖 바위 암)이라고 해요.

연관 개념어) 이암, 사암, 역암, 석회암, 응회암, 암염

* 조암 광물

광물은 땅이나 물에서 천연으로 나는 돌이나 쇠붙이를 말해요. 조암(造 만들 조, 巖 바위 암) 광물은 이러한 암석을 구성하는 광물이라는 뜻입니다. 지구상에 자연적으로 존재하는 광물은 매우 많지만 실제

로 암석을 만드는 주된 광물은 30여 종에 불과해요. 암석의 90% 이상은 결국 몇 가지 흔한 광물이 주성분이에요. 대부분 규산염(SiO_4)에 속하지요. 조암 광물 중 가장 중요한 광물은 감람석, 휘석, 각섬석, 운모, 장석, 석영인데, 이들을 화성암의 6대 조암 광물이라고 합니다.

연관 개념어) 석영, 장석, 흑운모, 각섬석, 방해석, 휘석, 감람석, 결정형, 조흔색

* 기단, 전선

우리가 사는 지구에는 따뜻한 곳도 있고 추운 곳도 있어요. 당연히 지역을 덮은 공기 덩어리도 온도가 다르겠지요. 기단(氣 공기 기, 團 모일 단)은 공기 덩어리라는 뜻이에요. 넓은 장소에 오랫동안 머물러 있으면서 기온과 습도 등이 지표면과 비슷해진 커다란 공기 덩어리가 기단입니다. 공기 이동이 심한 곳에서는 기단이 형성되기 어려워요. 대륙이나 해양처럼 넓으면서도 그 표면이 일정한 지역 또는 눈이나 얼음으로 덮인 극지방에서 주로 기단이 만들어집니다. 우리나라를 둘러싸고 계절마다 영향을 주는 기단으로는 시베리아 기단, 오호츠크해 기단, 북태평양 기단, 양쯔강 기단 등이 있어요.

기단은 이동하면서 성질이 전혀 다른 기단과 만나기도 해요. 따뜻한 기단이 찬 기단과 만나면 서로 기 싸움을 벌입니다. 이렇게 기단끼리 부딪치는 경계면을 전선면이라 하고, 그 전선면이 지표면과 닿는 선을 전선(前 앞 전, 線 줄 선)이라고 하지요. 전선은 어떤 기단의 맨 앞 경계선이라는 의미예요. 그 경계를 기준으로 풍향, 풍속, 기압, 이슬점 온도 같은 것이 불연속적으로 달라집니다. 전선은 찬 공기가

만들어 내는 한랭 전선과 따뜻한 공기가 만들어 내는 온난 전선으로 구분할 수 있어요.

연관 개념어) 기압, 온난 전선, 한랭 전선, 폐색 전선, 정체 전선, 온대 저기압, 열대 저기압, 태풍

* 수온 약층

바다는 얼마나 깊을까요? 조금씩 차이는 있지만 평균 4,000m 정도입니다. 바닷물 온도를 결정하는 것은 태양 에너지예요. 태양의 복사열이 도착하는 해수면은 따뜻하고, 햇볕이 닿지 않는 심해는 차갑습니다. 태양 에너지는 바다 표면에서 최대 10m 깊이까지밖에 도달할 수 없어요. 수면에는 바람이 많이 불므로 물은 서로 잘 섞여 온도가 비슷해집니다. 이렇게 서로 잘 섞이는 바닷물을 혼합층이라고 해요.

한편 깊은 바다는 햇볕이 도달하지 않아 3~5℃로 낮은 온도가 일정하게 유지되지요. 이런 바다는 심해층이라고 합니다. 따뜻한 혼합층과 차가운 심해층 사이에는 깊이에 따라 급격하게 수온이 변하는 구간이 있는데, 이것이 수온 약층(水 물 수, 溫 따뜻할 온, 躍 도약할 약, 層 층 층)이에요. 그야말로 수온이 도약하는 곳이지요. 수온 약층을 기준으로 위아래 수온 차이가 너무 심해서 바닷물은 서로 섞이지 않아요.

연관 개념어) 담수, 해수, 해류, 조석, 만조, 간조, 대조, 소조

* 대륙붕

바닷속 땅은 어떤 모습일까요? 바닷속에도 육지처럼 산맥이나 계곡, 평지가 있어요. 그중 해변에서 바다 방향으로 뻗은 평평한 땅을 대륙붕(大 클 대, 陸 육지 육, 棚 선반 붕)이라고 합니다. '붕'은 선반이라는 뜻이에요. 육지에서 바다 방향으로 수심 200m 정도까지는 평평한 땅이 펼쳐지다가 그 이후 급격히 깊어집니다. 대륙붕의 평균 길이는 70km 정도예요.

대륙붕은 육지와 가까워 육지에서 흘러나온 유기물이 대륙붕으로 흘러 들어가는데 이런 이유로 대륙붕에서는 고기가 많이 잡혀요. 대륙붕이 끝나고 깊이 3,000m까지 갑자기 깊어지는 부분을 대륙 사면(斜面)이라고 합니다. 사면은 비탈진 곳이라는 의미예요. 대륙 사면에서는 급격한 경사로 대륙붕에서 쌓인 흙과 유기물이 깊은 바다로 흘러 들어가지요.

연관 개념어) 저탁류, 대륙대, 평정해산, 심해저 평원

* 항성, 행성, 위성, 혜성

항상 그 자리에 있는 별이 항성(恒 항상 항, 星 별 성)입니다. 태양처럼 지구에서 멀리 떨어져 있어 움직임이 없는 별이지요. 반면 행성은 태양의 중력 때문에 태양 주위를 돌아다니는(行) 천체들입니다. 항성은 'star', 행성은 'planet'이에요. 태양의 주위를 돌지만 행성보다 작은 것들을 소행성이라고 합니다. 질량이 작은 암석 덩어리들이에요. 한편 행성의 중력에 이끌려 행성 주위를 도는 천체도 있는데 이를 위성이라고 합니다. 달이 대표적이지요. 수성과 금성을 제외하

고 태양계 행성은 모두 자기 위성이 있어요.

한편 먼지와 얼음으로 이루어져 있으며 태양 주위를 포물선으로 도는 작은 천체들도 있는데, 이를 혜성이라고 해요. 혜(彗)는 큰 빗자루라는 뜻이에요. 혜성이 태양 근처로 가면 얼음이 수증기로 증발해 꼬리가 생겨나는데, 그 모습이 빗자루처럼 보인다고 해서 붙여진 이름입니다. 76년마다 공전하는 핼리 혜성이 제일 유명해요.

연관 개념어) 태양계, 유성, 태양, 광구, 흑점, 채층, 홍염, 코로나, 플레어

* 연주 시차

밤하늘의 무수한 별은 우리 눈에는 모두 비슷한 곳에서 반짝이는 것처럼 보입니다. 그러나 실제로 그 별들과 지구의 거리는 천차만별이에요. 별까지 거리를 측정하고자 할 때 제일 먼저 이해해야 할 개념이 시차(視 보일 시, 差 차이 차)입니다. 시차는 흔히 말하는 시간 차이가 아니라 사람이 한 물체를 다른 위치에서 보았을 때 생기는 시각 각도의 격차를 말해요.

연주(年 해 년, 周 두루 주) 시차는 지구의 연주 운동 때문에 생겨나는 별에 대한 시차를 의미합니다. 즉 지구가 태양을 1년 동안 공전하므로 지구 위치에 따라 같은 곳에서 빛나는 별에 대한 시차가 발생하는 것이지요. 6개월을 두고 별을 관측하면서 달라진 시차와 지구의 공전 주기를 계산하면 지구에서 별까지의 거리를 측정할 수 있어요.

연관 개념어) 시차, 안시 등급, 절대 등급, 천구, 자오선

1. 아래에 설명된 의미의 개념어를 써 보시오.

의미	개념어
1. 힘을 받은 물체가 속도의 변화 없이 일정하게 이동하는 운동.	
2. 정지해 있던 물체는 별다른 일이 없으면 계속 멈춰 있고, 움직이던 물체는 마찰력이나 중력이 방해하지만 않는다면 하던 대로 움직이려 하는 것, 그러한 성질.	
3. 서로 다른 물질이 화학적으로 결합해 전혀 새롭게 탄생한 물질.	
4. 물체가 대전되어 전기적 성질을 띠게 되었을 때 그 전기의 양.	
5. 같은 장소에 오랫동안 머물러 기온과 습도 등이 지표면과 비슷해진 커다란 공기 덩어리.	
6. 두뇌에 저장된 경험 때문에 비슷한 상황에서 대뇌가 관여하는 반응.	
7. 온도가 일정할 때 기체의 부피와 압력은 반비례한다는 법칙.	
8. 어느 한곳에서 생겨난 진동이 자신이 직접 움직이지 않고 매질을 통해 이웃 물질에 차례로 전달되는 것.	
9. 세포의 핵 속에서 관찰되는 유전 정보를 갖고 있는 물질.	
10. 원자가 서로 전자를 주고받아 이온이 되어 결합하는 것.	
11. 지구 내부의 높은 온도 때문에 생겨난 마그마가 굳어서 생긴 암석.	
12. 우리가 사는 대륙들이 원래는 거대한 하나의 초대륙이었는데 조금씩 갈라지고 움직여 지금에 이르렀다는 것.	
13. 외부에서 가했던 힘이 사라지면 처음 상태로 돌아가려는 성질.	
14. 암수 생식 세포가 결합하지 않고 자손을 만드는 생식 방법.	
15. 나뭇가지로 줄을 긋고 그 흔적을 살펴보는 것처럼 조흔판에 줄을 그었을 때 드러나는 광물 특유의 색깔.	
16. 매개체가 없이 진공 상태에서 열 스스로 이동하는 방식.	
17. 운동하는 물체가 발생하는 에너지, 즉 운동 에너지와 위치 에너지.	
18. 심실을 빠져나간 동맥혈이 온몸을 돌고 다시 심장으로 돌아오는 순환.	
19. 식물 잎의 기공 가장자리를 둘러싸고 구멍을 여닫는 일을 담당하는 세포.	
20. 콩팥에서 오줌을 생성하는 기능적 단위.	

2. 다음 뜻에 알맞은 개념어를 서로 연결하시오.

① 퇴적암   어떤 물질의 분자가 다른 액체나 기체 속으로 퍼져 가는 현상.

② 미토콘드리아   어떤 천체를 바라보았을 때 지구의 공전에 따라 생기는 시차.

③ 연주 시차   오랜 세월 쌓인 물질이 단단하게 굳어 암석이 된 것.

④ 비열   세포 활동에 필요한 에너지를 생산하는 세포 소기관.

⑤ 확산   어떤 물질 1g의 온도를 $1°C$ 상승시키는 데 필요한 열의 양.

3. 제시된 초성을 참고하여 개념어의 뜻풀이를 완성하시오.

① 뇌하수체 – 뇌 바로 아래에 붙어 있으며 우리 몸의 (ㅎㄹㅁ) 분비를 총괄하는 기관.

② 크로마토그래피 – 혼합물이 (ㅎㅊㅈ)를 이동하는 속도 차를 이용해서 분리하는 방법.

③ 선상지 – 계곡 입구에 하천 퇴적물이 쌓여 만들어진 (ㅂㅊ) 모양의 지형.

④ 이온화 – (ㅈㅎㅈ)이 물에 녹아 (+) 전하나 (−) 전하를 띠는 것.

4. 개념어의 정의를 생각하며 빈칸에 알맞은 한자의 음과 뜻을 쓰시오.

① 증산 蒸(   ) 散(   ) – 수증기가 증발하여 흩어지는 현상.

② 항성 恒(　　) 星(　　) - 천구상에 고정되어 있으며 스스로 빛을
내는 별.

③ 정전기 靜(　　) 電(　　) 氣(　　) - 마찰로 발생한 전하가 한
군데 머물러 있는 전기.

④ 수온 약층 수온 躍(　　) 層(　　) 躍層 - 바닷물의 따뜻한 혼합
층과 차가운 심해층 사이 깊이에 따라 급격하게 수온이 변하는 구간.

⑤ 접지 接(　　) 地(　　) - 전기 회로나 전기 기기 따위를 도체로
땅에 연결해 위험을 방지하는 것.

5. 다음 글자들을 조합하여 뜻풀이에 알맞은 개념어를 쓰시오.

붕	공	열	분	결	대	동	산	조	수	동	단
유	운	도	륙	익	팽	시	점	합	열	창	감

① (　　　　　　) - 전기적으로는 중성인 상태에서 서로 전자를 공유
함으로써 안정적인 전자 배치를 이루는 결합.

② (　　　　　　) - 대륙이나 큰 섬 주변에서 깊이 약 200m까지 경사
가 아주 완만한 해저 지형.

③ (　　　　　　) - 생식 세포를 만들기 위해 2회 연속된 유사 분열 결
과 염색체 수가 반감하는 핵분열.

④ (　　　　　　) - 판과 판 사이의 충돌로 인한 지각 변동으로 산맥을
만드는 운동.

⑤ (　　　　　　) - 외부에서 열이 출입이 없는 채 물체 부피가 팽창하
는 현상.

6. 설명에 해당하는 개념어를 다음에서 찾아 쓰시오.

> 바이메탈, 조암 광물, 뉴런, 주기율표, 대류, 여과

① 사구체로 들어온 혈액 일부가 사구체의 높은 압력 때문에 보먼주머니로 빠져나오는 과정.

② 가열된 공기나 유체가 움직이면서 열이 전달되는 현상.

③ 암석을 이루는 주된 광물.

④ 신경 기관을 이루는 기본 세포.

⑤ 열팽창 계수가 크게 차이 나는 긴 금속판 두 개를 맞붙여 하나의 막대 형태로 만든 물체.

⑥ 원소들을 성질의 규칙성에 따라 알아보기 쉽도록 배열한 표.

＊정답은 254쪽에 있습니다.

5부

역사
과목
개념어

문해력은

　　　　　　　　　　　　　　　　다

BTS다

끝없이 더 큰 세상에 도전한다.

스마트폰이다

세상의 모든 지식에 도달할 수 있다.

노문해 군의 부동산 계약 도전기

드디어 독립이다. 사고 싶은 것도 꾹 참으며 오랫동안 저축해 회사 앞에 원룸을 얻었다. 부모님은 계약서를 꼼꼼히 읽고 도장을 찍으라고 신신당부하셨다. 계약서를 확인하지 않아서 큰돈을 떼이게 된 세입자들의 사연이 떠올랐다. 나처럼 치밀한 사람은 그런 봉변을 당하지 않을 텐데…… 어쩐지 남의 일 같지 않아서 안타까웠다. 중개인이 계약서를 내민다. 한 줄 한 줄 샅샅이 살펴봐야겠다.

【대항력 및 우선 변제권 확보】
① 임차인이 주택의 인도와 주민 등록을 마친 때에는 그다음 날부터 제3자에게 임차권을 주장할 수 있고, 계약서에 확정 일자까지 받으면 후순위 권리자나 그 밖의 채권자에 우선하여 변제받을 수 있으며, 주택의 점유와 주민 등록은 임대차 기간 중 계속 유지하고 있어야 합니다.
② 등기 사항 증명서, 미납 국세·지방세, 다가구 주택 확정 일자 현황 등을 반드시 확인하여 선순위 권리자 및 금액을 확인하고 계약 체결 여부를 결정하여야 보증금을 지킬 수 있습니다.
※ 임차인은 임대인의 동의를 받아 미납 국세·지방세는 관할 세무서에서, 확정 일자 현황은 관할 주민 센터·등기소에서 확인할 수 있습니다.
【임대차 신고 의무 및 확정 일자 부여 의제】
① 수도권 전역, 광역시, 세종시 및 도(道)의 시(市) 지역에서 보증금 6천만 원 또는 월차임 30만 원을 초과하여 주택 임대차 계약을 체결(금액의 변동이 있는 재계약·갱신 계약 포함)한 경우, 임대인과 임차인은 계약 체결일로부터 30일 이내에 시군구청에 해당 계약을 공동(계약서를 제출하는 경우 단독 신고 가능)으로 신고하여야 합니다.
② 주택 임대차 계약서를 제출하고 임대차 신고의 접수를 완료한 경우, 임대차 신고필증상 접수 완료일에 확정 일자가 부여된 것으로 간주되므로 별도로 확정 일자 부여를 신청할 필요가 없습니다.

도대체 뭐지? 온통 모르는 소리뿐이다. 중개인은 천천히 보라면서 미소까지 지어 보인다. 정신을 차리고 다시 읽는다. 여전히 알 수 없는 말뿐이다. 내 속은 점점 타들어 간다. 천천히 읽는다고 해결될 문제가 아닌 것이다. 중개인한테 한 줄씩 해석해 달라고 해 볼까? 하지만 그건 너무 모양이 빠진다. 오히려 무식함이 탄로 나서 사기를 당할 것 같다. 그냥 다 아는 척하고 도장을 찍을까? 그랬다가 내 전 재산을 날리면 어떡하지? 아예 화장실 가는 척하면서 도망칠까?

이 지긋지긋한 까막눈. 읽을 수는 있지만 이해할 수는 없는 힘겨운 이중생활. 이렇게 평생 나를 괴롭힐 줄 알았다면 학교 다닐 때 책 좀 읽을걸. 후회가 밀려온다. 그나저나 이 집은 계약을 해? 말아?

1장

사건에 대한 개념어:
단어를 풀어 육하원칙에 따라 문장으로 만들어 보세요

병자호란, 임오군란, 갑신정변, 신미양요……. 역사를 공부하다 보면 우리는 수많은 사자성어를 만나게 됩니다. 이 말들은 고진감래, 살신성인 등과 같이 일상생활에서 많이 활용되는 사자성어는 아닙니다. 사실 이런 네 글자 단어들을 사자성어라고 하는 경우도 거의 없습니다. 하지만 우리는 이 암호 같은 단어들을 해독하는 방법을 익히지 않고는 역사 과목과 친해질 수가 없습니다.

　사자성어를 한자 그대로 풀면 네 글자(四子)가 말을 이룬 것(成語)입니다. 전달하고 싶은 중요한 정보를 단 네 글자에 줄여 넣은 것이죠. 따라서 그 뜻을 이해하려면 이제는 반대로 그 네 글자를 풀어서 풍성한 의미를 복원해야 합니다. 역사책에 등장하는 이러한 네 글자에는 공통점이 있습니다. 앞 두 글자는 그 사건이 발생한 연도를, 뒤 두 글자는 그 사건의 개요를 뜻합니다.

과거 사건은 수없이 많을 텐데 왜 어떤 것에만 굳이 이렇게 각별한 이름까지 붙였을까요? 그만큼 역사적으로 중요하기 때문이에요. 임진왜란은 임진년(1592)에 일본이 조선을 침략하여 일어난 전란을 말합니다. 16세기 말 발생한 그 전란을 기점으로 조선 사회는 전기와 후기로 나뉩니다. 7년간 전쟁을 겪으며 사회 전반에 큰 변혁이 일어난 것이죠. 이처럼 역사적으로 큰 분기점이 되는 사건은 연도까지 기억하는 것이 좋아요.

사건에 대한 개념어를 공부할 때는 육하원칙에 따라 각 단어를 한 문장으로 요약해 보세요. 누가, 언제, 어디서, 무엇을, 어떻게, 왜. 각각의 의문사에 대한 답을 떠올렸을 때 모호한 곳이 없다면 훌륭하게 공부한 것입니다. 예를 들어 갑신정변은 김옥균, 박영효, 홍영식 등의 개화당이, 갑신년(1884)에, 우정국에서, 독립적인 정부를 세우기 위해, 정변을, 일으킨 것입니다.

정리는 훌륭한데 걸리는 점이 있습니다. 도대체 '정변'이 무엇일까요? 이런 단어는 일상에서 쓰는 말이 아니기에 한자를 해석하면서 의미를 확인해야 합니다. '갑신년에 일어난 정변'이라고 외워도 정변이 무엇인지 모르면 전체 맥락이 모호해집니다. 이렇게 명확하지 않은 지식은 튼튼하게 뿌리 내리지 못해서 결국 그 부분이 구멍으로 남습니다. 천도, 회군, 반정, 양요 등 사건의 본질을 두 글자에 담아내는 단어들은 그것의 역사적 의미가 무엇인지 꼼꼼하게 공부해야 합니다.

* 서경 천도(西京遷都)

서경(西京)으로 도읍(都), 즉 수도를 옮기는(遷) 것입니다. 지명이 등장합니다. 역사 부도가 필요한 순간이에요. 눈으로 지도를 보면서 벌어진 사건의 전후 사정을 상상해 보세요. 서경은 어디일까요? 지금의 평양입니다. 고려의 수도 개경을 기준으로 북서쪽에 위치하지요. 고려는 건국 이후 북진 정책을 추진했으므로 수도 개경보다 북쪽의 서경을 매우 중시했어요. 자연스럽게 서경을 근거지로 정치 세력이 성장했지요.

마침 고려 인종 때 개경의 궁궐이 불타자 묘청과 정지상을 중심으로 한 서경파는 풍수지리 사상을 내세우며 기운이 소진한 개경을 버리고 덕이 왕성한 서경으로 수도를 옮겨야 한다고 주장합니다. 김부식과 같은 개경파와 극도로 대립할 수밖에 없었지요.

오랜 갈등 끝에 왕이 개경파로 돌아서자 서경파는 반란을 일으켰다가 결국 제거되고 말아요(1135). 정치적으로 대립하며 견제 역할을 하던 서경파가 몰락하자 개경의 문신 귀족들은 폐단을 일삼으며 더욱 타락했고, 이는 나중에 무신의 난이 발생하는 원인이 됩니다.

* 무신 정변(武臣政變)

무신(武臣)의 의미는 알 것 같은데 정변(政變)은 무엇일까요? 정변은 반란이나 혁명, 쿠데타와 같은 비합법적 수단으로 정치적으로 큰 변화가 생겨난 것을 말합니다. 갑신정변도 있지요. 고려 초기 북진 정책을 추진할 때는 나라에서 무신들의 공이 컸어요. 하지만 이후 정국이 안정되고 왕권이 강화되는 시대 분위기에서는 오히려 힘이 센

무신들은 견제 대상이 되었습니다. 그에 따라 권력은 점차 문신들에게 집중되고 무신들은 신분적·정치적으로 심하게 차별을 당했지요.

이에 1170년 정중부, 이의방 등이 중심이 된 무신들이 반란을 일으켜 문신들을 척살하고 왕을 몰아냈는데, 이 사건을 무신 정변 또는 무신의 난(亂)이라고 합니다. 이후 무신 정권은 여러 무신이 권력 다툼을 하며 100년 넘게 유지됩니다. 무신 정변은 고려의 문벌 귀족 사회를 무너뜨리고 정치, 경제, 문화 등 사회 전체의 대대적 변화를 불러오는 계기가 되었어요.

* 위화도 회군

회군(回 돌 회, 軍 군사 군)은 군사를 돌린다는 뜻이에요. 지명이 등장했으니 지도가 필요합니다. 역사 부도를 펴고 위화도, 철령, 요동, 개경이 어디인지 찾아보세요. 위화도는 압록강 하류의 섬이에요. 고려 말 원나라를 멸망시킨 명나라는 공민왕이 되찾았던 철령 북쪽의 고려 땅을 되돌려 달라고 요구했어요. 이에 최영 등의 세력은 명나라를 공격하기 위해 요동 정벌을 결정하고 이성계에게 출정을 명합니다.

하지만 1388년 요동을 치러 떠난 이성계가 위화도에서 군대를 돌려 수도 개경으로 돌아옵니다. 임금의 명령을 어겼으니 반란을 도모한 셈이죠. 수도로 돌아온 이성계는 고려 우왕을 몰아내고 최영 일파를 제거한 후 정도전과 조준 등 신진 사대부와 손을 잡고 본격적으로 개혁 정치를 시작해요. 위화도 회군은 4년 뒤 조선을 건국한 이성계가 정권을 잡는 데 결정적 계기가 된 사건입니다.

* 사화(士禍)

사화는 사림 세력이 당한 화(재앙)라는 의미입니다. 사림은 조선 성종의 발탁으로 새롭게 중앙 정치에 등장한 지방 세력을 의미해요. 사림파는 훈구파의 비리와 부패를 공격하는 관직에 대거 등용되었어요. 그 전까지 권력을 차지했던 훈구파는 사화를 일으켜 사림에 대한 정치적 보복을 단행합니다. 그 결과 많은 사림이 죽거나 유배되어 정치에서 쫓겨나고 말았지요.

1498년의 무오사화, 1504년의 갑자사화, 1519년의 기묘사화, 1545년의 을사사화를 4대 사화라고 해요. 네 번에 걸친 사화로 중앙 정계에서 쫓겨난 사림들은 향촌으로 내려갔고, 그곳에서 서원과 향약을 만들어 영향력을 키웁니다. 이후 정세가 바뀌고 선조 시대에 이르러 사림은 다시 중앙으로 대거 진출하지요. 시대는 변하여 이제 사림이 집권하는 세상이 되지만 이후 사림끼리도 다시 갈라져 싸우는 붕당 정치가 펼쳐집니다.

* 인조반정(仁祖反正)

우리나라 역사상 반정(反正)은 두 번 있었어요. 1506년 연산군을 몰아낸 중종반정과 1623년 광해군을 축출한 인조반정이 그것입니다. 반정은 문자 그대로는 바른 곳으로 돌아간다는 뜻이에요. 나쁜 임금을 폐하고 새 임금을 추대한 사건이 반정이지요.

임금을 몰아내는 행위를 왜 '바른 곳으로 돌아가는 일'이라고 칭했을까요? 선대왕을 몰아낸 명분이 모두 그들의 패륜적 행동 때문이라는 것을 표현하기 위해서였지요. 연산군은 난잡한 행동과 패륜,

광해군은 영창 대군 살해와 인목 대비 폐위를 이유로 자리에서 축출되었어요. 이 때문에 이렇게 나쁜 왕을 폐하는 것은 올바름을 회복하는 일이라고 부르는 것이지요.

인조반정은 선대왕 광해군을 폐하고 인조를 새 임금으로 추대한 사건이에요. 광해군은 임진왜란 이후 황폐한 나라를 재건하기 위해 탁월한 개혁을 단행했어요. 외교 수완도 뛰어나서 중국 대륙을 차지하며 빠르게 성장하는 후금과 실리적 관계를 유지했지요. 하지만 태생이 적자(嫡子, 정실이 낳은 아들)가 아니었던 탓에 집권하는 동안 여러 정치적 견제를 받게 됩니다. 결국 광해군은 왕권을 위협하는 왕실 핏줄들을 가차 없이 제거하여 윤리적 지탄을 받았고, 명을 저버리고 후금과 교류하는 것도 의리 없는 짓이라며 비난받게 되었지요.

서인 세력은 반정을 일으켜 인조를 왕으로 올리고 자신들이 권력을 잡아요. 인조반정 이후 조선의 외교 정책도 기조가 바뀌어 다시 청나라(후금)를 배척했는데 이 때문에 얼마 후 정묘호란, 병자호란이 발생합니다.

* 정묘호란(丁卯胡亂)

정묘년(1627)에 오랑캐(胡)가 일으킨 난리(亂)라는 뜻이에요. 만주 여진족이 세운 후금이 조선을 침략한 사건입니다. 광해군은 명나라와 후금 사이에서 중립을 취하며 실리를 얻는 외교를 폈어요. 세력이 점점 강해지는 후금과 충돌을 피하기 위해서였죠. 그런데 인조반정으로 광해군이 물러나자 인조와 서인 정권은 오랑캐를 배척하고 명나라에 대한 의리를 지켜야 한다는 명분론을 주장하며 후금을 적대시합니다.

마침 후금으로 도망간 조선의 이괄이 후금에 조선 침략을 건의하자 이를 빌미로 후금은 압록강을 건너 조선을 침입해요. 이것이 정묘호란입니다. 조선은 두 달 반 만에 전격적으로 항복하고 이후로는 후금을 형의 나라로 섬기게 됩니다. 9년 뒤인 1636년 청나라가 조선을 2차로 침입하는데, 이를 병자호란이라고 해요.

* 신미양요(辛未洋擾)

신미년(1871)에 서양인이 일으킨 소요(騷擾) 사건이라는 뜻입니다. 이보다 5년 전 미국의 상선 제너럴셔먼호가 평양에서 교역을 요구하며 난동을 부리자 조선에서 그 배를 불태워 버린 사건이 있었어요. 미국이 이 사건을 빌미 삼아 조선의 문을 개방하라고 무력으로 침범한 것이 신미양요입니다. 미국 사령관이 강화도 초지진를 점령하고 전투를 벌여 우리나라 수비군이 큰 피해를 보았어요.

하지만 미국은 우리 군의 치열한 저항으로 광성진 전투에서 패하자 결국 40여 일 동안의 불법 침입을 멈추고 물러납니다. 병인양요에 이어 신미양요까지 승리한 대원군은 이후 자신감이 더 높아져 온 나라에 척화비를 세워 쇄국 정책의 의지를 더욱 분명히 표명하지요.

* 갑오개혁(甲午改革)

갑오년(1894)에 조선이 유교 중심의 낡은 제도를 고치고 근대적 국가로 변신하기 위해 실시한 일련의 개혁을 말합니다. 군국기무처 주도 아래 1894년 7월부터 12월 17일까지 개혁안 210건을 제정해 실시했어요. 근대 학교를 세우고, 한자 대신 한글을 사용하도록 했으며, 신분제를 폐지하고, 조혼을 반대하며, 세금은 법으로 징수하도록 하는 등 정치, 경제, 사회 각 분야에 걸쳐 개혁안이 제시되었어요.

하지만 동학 농민 운동의 가장 중요한 요구였던 토지 개혁 관련 내용은 없고, 개혁 주도권을 일본에 뺏겼다는 점이 한계였지요. 일본이 조선의 자주성을 강조한 것은 중국의 방해 없이 조선을 차지하려는 의도였고, 가장 파격적인 개혁이었던 신분 제도 철폐도 일본에 대항할 양반 세력의 힘을 빼기 위한 것이었어요. 개혁 내용도 대부분 일본의 메이지 유신을 참고했지요. 개혁안이 일본과 동일한 시스템으로 만들어져야 나중에 간섭하기 편리할 것이라는 계산이었습니다.

* 아관 파천(俄館播遷)

예전에는 러시아를 아라사라고 했어요. 아관(俄館)은 우리나라의 러시아 공사관을 말해요. 파천(播遷)은 임금이 난리를 피해 도성을 떠나는 것을 의미합니다. 아관 파천은 1896년 고종이 러시아 공사관으로 몸을 피한 사건이에요. 1895년 일제가 명성 황후를 시해하고 친일 내각을 만들자(을미사변) 신변의 위협을 느낀 고종은 궁을 떠나 러시아 공사관에서 1년간 머물렀어요. 이로써 친일 내각은 무너지고 조선에서 러시아의 영향력이 커지게 되었죠. 국왕이 왕궁을 버려두어 왕실의 체면이 서지 않는다는 비난이 거세지자 결국 고종은 1년 만에 경복궁으로 돌아옵니다. 하지만 이후 조선을 두고 러시아와 일본의 갈등은 더욱 깊어져 결국 10년 뒤 러일 전쟁이 일어나지요.

* 국채 보상 운동(國債報償運動)

국채는 국가가 진 빚을 말해요. 1905년 을사늑약으로 일제는 대한 제국의 외교권을 빼앗고 1906년 통감부를 설치합니다. 통감부를 중심으로 조선에 본격적인 식민지 시설을 갖추는데, 이 대가로 일제는 조선 정부에 막대한 액수의 차관(나랏빚)을 들여오도록 강요해요. 1907년 대한 제국의 차관은 1,300만 원이었는데, 이는 국가의 1년 예산과 맞먹는 액수였어요.

일제는 이 빚을 빌미로 대한 제국에 영향력을 행사하려는 야심을 품었습니다. 이에 1907년 1월, 대구에서 서상돈이 국민이 힘을 모아 나라 빚을 갚고 국권을 회복하자는 운동을 추진하는데, 이것이 국채 보상 운동입니다. 언론에서도 적극적으로 협조하고 여러 계몽 단체가 참여했으며, 부녀자들은 비녀와 가락지까지 내놓아 그해 4월까지 230만 원이 넘는 돈이 모였어요. 그러나 일제는 운동의 중심이었던 간부들을 구속하고 적극적으로 방해 공작을 펼쳐 결국 이 운동은 무산되고 말았습니다.

* 신탁 통치(信託統治)

신탁은 남에게 관리를 대신 맡기는 것을 말해요. 제2차 세계 대전 후 국제 연합(UN)의 위임을 받은 나라가 정치적 혼란이 생길 것이라고 예상되는 지역을 대신 통치하는 것을 신탁 통치라고 합니다. 1945년 12월 모스크바 3상 회의에서 미국, 영국, 중국, 소련 4개국이 우리나라를 5년 동안 신탁 통치하기로 결정했어요. 신탁 통치가 실행되면 자주적인 정부 수립이 늦어질 것으로 판단한 우리 민족은 전국적으로 반대 운동을 전개했고, 그 결과 우리나라에 대한 신탁 통치는 이루어지지 않았습니다.

역사 과목이 어려운 또 하나의 이유는 시대와 항목에 따라 수없이 많은 제도가 등장하기 때문입니다. 과전법, 균전제, 골품제, 봉수제……. 말 자체도 어려운 데다가 자습서 요약을 읽어도 깔끔하게 맥락을 파악하기가 쉽지 않아요. 제도라는 것은 물건처럼 홀로 동떨어져 존재하는 것이 아니라 사회적·역사적 배경 속에서 다양한 원인과 결과가 얽히고설키며 생성되고 소멸되니 그렇습니다.

먼저 어떤 시대에는 잘 운용되던 제도가 무슨 이유로 바뀌거나 없어졌는지 시간 흐름을 잡는 것이 중요합니다. 상황에 따라 제도의 명칭도 변하고 구체적 시행 방식도 조금씩 달라지죠. 그럴 때는 그 제도가 유지되던 시대의 앞뒤 상황을 동시에 짚어 봐야 합니다. '과전법은 고려 말 조선 초의 토지 제도'라고만 공부하면 그것이 생겨난 전후 정황이 댕강 잘려 나가 그 개념은 어디 발붙일 곳이 마땅치 않은 방황하는 자식, 아니 방황하는 지식이 되죠. 그러므로 과전법을 공부할 때는 전시과와 직전법도 함께 묶어 알아 두어야 합니다.

제도들은 그것이 다루는 대상이 있어요. 과전법은 토지 제도, 균전제는 조세 제도, 골품제는 신분 제도, 봉수제는 군사 통신 제도의 하위 개념입니다. 머릿속에 X축과 Y축으로 이루어진 2차원 평면을 그리고, X축에는 각종 제도가 다루는 범주를 열거해 봅시다. 땅, 세금, 신분, 군사, 정치, 법 같은 것들은 국가 기틀을 세우는 데 매우 중요한 것이어서 시대별로 그것을 운용하는 제도가 있지요.

이번에는 Y축을 오르내리며 각 범주에 해당하는 제도의 시대적 변천사를 기록해 보세요. 하나의 제도는 어떤 배경에서 설계되었고, 그것이 후대에는 왜 바뀌었는지, 또한 새로 들어선 국가에서는 그 제도의 무엇을 버리고 무엇을 계승했는지 변화의 흐름을 추적하는 것이죠.

이번에는 다시 시선을 가로로 옮겨 보세요. 시간 흐름을 멈추고 한 시대에 어떤 제도들이 공존했는지 두루 엮어서 이해하는 것입니다. 예를 들어 고려 전기의 토지, 군사, 정치, 법 등을 같은 선분에 얹어 놓고 각 제도가 서로 어떤 영향을 주고받으며 한 시대의 모습을 만들었는지를 상상해 보는 것이죠.

종횡을 넘나드는 이러한 작업은 파편으로 쪼개졌던 역사적 지식을 하나의 큰 그림 속으로 수렴해 전체적 맥락을 이루게 해 줍니다. 이러한 큰 그림이 없으면 지엽적인 내용을 아무리 암기해도 역사 과목에서는 위축되고 자신 없는 마음을 벗어날 수 없지요.

* 율령(律令)

고대 국가의 법률에서 '율(律 법칙 율)'은 형법, '령(令 명령 령)'은 행정 법규를 의미합니다. 이 둘을 합쳐 율령이라고 하죠. 국가를 통치하는 율령제는 중국 수·당 시대에 완성되었어요. 당나라의 율령제는 이후 중국 왕조뿐 아니라 한국, 일본, 베트남 등지에서도 국가 법률을 만드는 기본 체계로 삼았어요.

우리나라는 삼국 시대에 고대 국가의 중앙 집권적 체제를 갖춰 가면서 율령이 반포(세상에 널리 펴서 알림)되었습니다. 왕의 권력이 강해짐에 따라 통치 기초를 확립하기 위하여 법 제도를 정비한 것이지요. 백제는 고이왕(3세기), 고구려는 소수림왕(4세기), 신라는 법흥왕(6세기) 때 율령을 반포했습니다. 율령을 반포하면서 왕권이 강화되고 이를 토대로 정복 전쟁을 일으켜 영토를 더욱 확장했지요.

* 진대법(賑貸法)

진대법은 우리나라 최초의 복지 제도라고 할 수 있어요. '진(賑)'은 흉년에 곡식을 나누어 준다는 의미이고, '대(貸)'는 봄에 곡식을 빌려주었다가 가을에 회수한다는 뜻입니다. 진대법은 먹을 것이 부족한 봄에 백성들에게 곡식을 빌려주고 추수가 끝난 가을에 갚도록 한 제도예요.

가난한 농민들이 귀족에게 고리대금을 빌려 목숨을 부지하다가 결국 노비로 전락하는 것을 막기 위해 고구려 고국천왕이 재상 을파소의 건의를 따라 실시했습니다. 농민이 노비가 되면 세금을 낼 사람이 줄어들어 결국 국가 살림살이도 궁핍해지기에 나라가 나서서 농민 구제 방법을 마련한 거지요.

진대법과 같은 제도는 고려와 조선에서도 이어졌어요. 의창은 평소에 곡식을 저장해 두었다가 흉년 때 가난한 백성들에게 나누어 주도록 한 제도이고, 상평창은 곡식이나 옷감의 값이 오르면 저장했던 것을 풀어 물가를 조절하던 기관이에요.

* 골품 제도(骨品制度)

신라에는 지방에 여러 연맹 왕국이 분산되어 있었는데, 점차 그들을 경주로 불러 중앙 지배 체제에 통합하기 시작했어요. 수도로 불러들인 그들에게 세력에 따라 서열과 등급을 정해 주었는데, 그것이 골품 제도의 시작입니다. 골품 제도는 성골과 진골이라는 두 '골'과 6두품부터 1두품에 이르는 6개 '두품'을 이르는 말이에요.

자신이 속한 계급에 맞추어 정치적 출세는 물론 혼인, 집 규모, 노비 숫자, 옷 색깔, 마차 장식 등 모든 측면에서 특권과 제약이 뒤따랐지요. 최고 등급인 성골과 진골이 중요한 관직을 독점했고, 6두품은 아무리 똑똑해도 '아찬'이라는 6등급 관직까지밖에 승진할 수 없었어요. 그래서 유능한 6두품들 중에는 아예 출세의 뜻을 접고 학문,

종교 분야로 진로를 돌린 사람들도 많았지요. 신분 이동이 불가능한 엄격하고 폐쇄적인 제도였기에 흔히 인도의 카스트 제도와 비교되곤 합니다.

* 노비안검법(奴婢按檢法)

고려 광종 때(956) 실시한 노비 해방법을 말해요. 안검(按 누를 안, 檢 검사할 검)은 어떤 사실을 자세히 조사하고 살핀다는 뜻입니다. 고려 건국을 전후하여 여러 귀족이 전쟁 포로나 양인을 강제로 잡아 노예로 삼는 일이 비일비재했어요. 고려 4대 임금 광종은 사실 관계를 자세히 파악해서 원래 노비가 아니었던 사람을 다시 양인으로 돌리겠다는 노비안검법을 공포합니다. 겉으로는 억울하게 노비가 된 사람들의 신분을 높여 준다는 대의명분을 내세웠지만 이를 통해 호족의 사병은 줄이고 양인은 늘려 세금을 확충하려는 것이 주된 목적이었지요.

노비안검법이 시행되면서 결국 호족의 군사적·정치적·경제적 기반은 약해집니다. 양인이 조세와 부역 의무를 지면서 나라 재정 상태도 좋아지고 그 결과 왕권이 강화되었어요. 하지만 30여 년이 지난 후 호족의 반발이 심해져 노비환천법이 시행되었고 해방되었던 양인은 다시 노비가 되었습니다.

* 음서제(蔭敍制)

고려 4대 임금 광종은 과거 제도를 실시해 관리를 뽑았어요. 호족 세력을 견제하고 왕권을 강화하려는 정책이었죠. 하지만 7대 임금 목종 때 음서제가 처음으로 실시됩니다. 음서제는 조상의 음덕(蔭德)으로 후손이 과거 시험을 보지 않고도 관리에 임용되는 제도예요. 아버지가 5품 이상이면 아들은 과거를 보지 않아도 관직에 오를 수 있었지요. 11대 임금 문종 때는 관직뿐만 아니라 땅(공음전)도 받았어요. 고려는 이렇게 권력이 일부 귀족에게 집중되고 세습되면서 후기에는 문벌 귀족이 득세하는 사회가 되지요.

조선 시대에도 음서 제도가 시행되기는 하지만 자격 기준도 2품, 3품으로 높아지고, 음서로 올라갈 수 있는 벼슬 등급에도 한계를 두면서 점차 실력 없이 벼슬에 오르는 것을 부끄럽게 여기는 사회 분위기가 형성됩니다. 조선 사회가 실력을 중시하는 사대부 중심 사회였기 때문이지요.

* 양전 사업(量田事業)

양전(量田)은 논밭을 측량하는 것을 말해요. 고려와 조선 시대에 논밭의 경작 상황을 파악하려고 토지의 넓이를 쟀던 것을 양전 또는 양전 사업이라고 합니다. 전근대 국가에서 토지를 측량하는 이유는 무엇일까요? 가장 중요한 이유는 수입원인 토지를 정확히 파악하여 세금을 부과하고 이로써 농민을 지배하려는 것입니다. 토지는 면적과 비옥함을 기준으로 등급을 나누었지요. 농업이 기반인 사회에서 국가 재정의 기초인 토지를 파악하는 일은 매우 중요했어요.

조선 초 태종 때 양전 사업으로 양안(토지 대장)을 작성하였고, 임진왜란 후 광해군 때도 전쟁으로 엉망이 된 국토에 대해 양전 사업을 실시하였으며, 대한 제국 때도 이로써 지계(토지 대장)를 발급했지요. 《경국대전》에는 20년마다 양전 사업을 실시하라며 그 방법까지 제시되어 있었어요. 하지만 이미 토지로 이득을 얻는 기득권층이 많아 실제로는 양전이 제대로 시행되기는 어려웠어요.

* 전시과(田柴科)

고려 시대 토지 제도로 과(科)에 따라 관리들에게 전지(田地)와 시지(柴地)를 나눠 주는 제도예요. 과는 관리의 등급을 말해요. 전지는 곡식을 얻을 수 있는 논밭, 시지는 땔감을 얻을 수 있는 산을 말해요. 관리들은 급여 대신 논밭과 산을 받았어요. 실제로 논밭과 산을 소유한 것은 아니고 그곳에서 곡식이나 땔감을 거두는 권리를 받은 것이죠. 이를 수조권(收租權, 조세를 거둘 수 있는 권리)이라고 합니다.

전시과는 관직에 대한 급여 명목이므로 당사자가 죽으면 권리도 국가에 반납하는 게 원칙이에요. 그러나 귀족들은 점차 권력을 이용해서 토지를 세습했고, 그 결과 관리에게 나눠 줄 토지는 점점 부족해졌어요. 특히 무신 정변 이후 이 문제는 더욱 악화해 국가 재정 기반까지 흔들리게 되었지요.

* 과전법(科田法)

고려 말의 기득권층이었던 권문세족(權門世族, 권력이 있는 가문, 세력이 있는 집안)의 경제적 기반을 흔들 목적으로 이성계와 정도전 등이 실시한 토지 제도입니다. 권문세족이 불법으로 소유한 땅을 대대적으로 몰수하여 관리들에게 급여로 토지를 나누어 준 제도예요.

과전(科田)은 현직 관리와 서울에 거주하는 전직 관리들을 품계에 따라 18과(科)로 구분해 차등적으로 지급한 토지를 말합니다. 토지를 받은 관리는 토지를 소유하는 것이 아니라 수조권만 받았어요. 과전법 시행으로 신진 사대부의 경제적 기반이 튼튼해졌고 이성계는 이들과 힘을 합쳐 조선을 건국합니다.

* 직전법(職田法)

과전법으로 토지를 받은 조선 시대의 전·현직 관리들은 시간이 지남에 따라 점점 다양한 명목으로 토지를 세습했고, 그 결과 새로 임용된 관리에게 지급할 토지가 부족해졌어요. 고려 시대 전시과의 병폐와 비슷하지요? 역사는 이처럼 비슷한 일이 반복되는 경우가 많습니다. 이에 따라 세조 때 관직을 가진 자만 토지를 받을 수 있고, 은퇴한 자는 국가에 다시 반납하도록 하는 직전법이 시행됩니다.

직전(職田)은 직을 수행하는 현직 관리에게 주어지는 토지예요. 따라서 관리들은 오래도록 관직에 머물길 원했고, 왕에게 더욱 충성하게 되었지요. 한편으로는 관직에 있는 동안만 재산을 모을 수 있으므로 농민에 대한 수탈은 더 악착스럽고 심해집니다. 그에 따라 성종 때는 관리의 수조권을 보장하는 직전법을 폐지하고 국가가 관리를 대신해서 농민에게 일괄적으로 세금을 거두고, 그것으로 녹봉을 지급하는 관수 관급제(官收官給制)를 실시하게 되지요.

* 군역(軍役)

조선 시대 남자들도 군대를 갔을까요? 역(役)은 전근대 사회에서 국가가 필요로 하는 노동력을 성인 남성에게서 세금으로 징발하는 것을 말해요. 즉 노동도 세금으로 거둔 것이지요. 군역은 군대와 관련된 역입니다. 현대 군인들은 군역을 이행하는 셈입니다.

인류가 정착 생활을 시작하면서 공동체의 성인 남자는 누구나 공동체를 지킬 책임을 부여받았어요. 16세 이상 60세 이하 모든 양인에게는 군역 의무가 있었습니다. 양반, 백정, 노비 등은 군역을 면제받았지요. 그런데 너무 많은 성인 남성을 군대에 보내면 농사지을 일손이 부족해지겠지요. 그래서 돈, 쌀, 옷감 같은 물품으로 군역을 대신하도록 제도를 마련합니다. 조선 후기에는 군역 대신 옷감 2필, 즉 군포를 내게 하고 정부는 이 군포를 자금으로 군인을 모집해 군대를 운영합니다.

* 균역법(均役法)

역(役)을 균등(均等)하게 시행하는 법이라는 뜻이에요. 군역은 점차 노동력을 직접 제공하는 대신 옷감(베)으로 대신하는 방식이 일반화했어요. 군역 대신 납부하는 이러한 옷감을 군포라고 하지요. 조선 후기로 넘어가며 점점 돈 있는 양인들이 양반으로 신분이 상승하면서 반대로 군포 의무를 지는 인구는 줄어들게 됩니다. 그러자 줄어든 군포를 보충하기 위해 죽은 사람이나 어린아이에게까지 세금을 매기는 등 군역의 폐단이 극심해져요. 군포 부담을 견디지 못한 양인이 도망가 버리는 일도 많아서 상황은 갈수록 악화했지요.

결국 영조는 1년에 2필씩 부담하던 군포를 1필로 줄여 주었는데, 이를 균역법이라고 합니다. 줄어든 국가의 재정은 다양한 명목으로 양반들에게 세금을 거두어 충당했어요. 균역법으로 농민의 부담을 줄여 주려는 시도는 바람직했으나 군역에서 양반이 면제되는 신분 차별은 여전했기에 궁극적으로는 한계가 있었지요.

* 타조법(打租法), 도조법(賭租法)

조선 전기에 소작을 하는 농민이 지주에게 토지 임대료를 지불할 때 액수를 미리 정하지 않고 그해 수확된 작물을 절반으로 나누어 갖는 방식을 타조법이라고 해요. 땅 주인으로서는 수확량이 많아져야 수입이 늘어날 테니, 소작농에 대한 간섭이 심했지요. 조선 후기에 들어서면서 지주가 수확량과 관계없이 미리 토지 사용료를 일정하게 정해 놓는 방식으로 변하는데, 이를 도조법이라고 합니다.

토지 사용료가 정액으로 미리 정해지자 지주는 농사에 간섭하지 않았고, 농민은 농사법이나 농사 작물을 자유롭게 선택할 수 있었어요. 계약된 사용료만 내면 나머지는 모두 소작인 차지가 되므로 생산량도 크게 올랐습니다. 나라에서는 농민들의 개간 산업을 유도하려고 도조법을 확대하기도 했는데, 이로써 후기에는 새롭게 성장한 부농들이 등장했어요.

3장 세력과 조직에 대한 개념어:

누가, 왜, 무엇을 위해 만들었는지를 이해하세요

세력은 동일한 신분적·정치적 성향으로 한 시대에 존재했던 사람들의 집단을 말해요. 역사는 한 시대의 권력을 차지하려는 세력들이 서로 견제와 다툼을 하면서 변화하고 발전하지요. 시대 흐름에 따라 권력을 차지하는 세력들은 끊임없이 탄생하고 군림하고 소멸합니다. 그러므로 어떤 시대를 장악한 주요 세력이 누구인지, 그들의 정치적 · 철학적 성향은 어떠한지, 그들이 다음 세력에 주도권을 넘기게 되는 원인과 과정은 어떠한지를 역사의 흐름과 결부해서 잘 기억해야 합니다.

조직 역시 제도와 마찬가지로 종횡 학습이 필수입니다. 조직과 관련된 개념어들은 제도를 시행하기 위해 만들어진 기구 이름인 경우가 많습니다. 조직은 사람들이 모여 만들어진 집단을 의미하므로 그 사람들이 누구인지에 대한 역사적 성격을 잘 파악하는 것이 제일 중요해요. 누가, 왜, 무엇을 이루기 위해 만들었는지 그리고 무슨 일을 하는 곳인지만 이해하면 거의 다 아는 것입니다.

* 호족(豪族)

통일 신라 말기에 정치가 어지러워지자 지방에서는 그동안 골품제 때문에 출셋길이 막혔던 귀족이나 따로 군사력을 키운 세력이 등장하기 시작했어요. 중앙 정부에는 지방에서 힘을 키운 이들을 통제할 능력이 없었으므로 그들은 자신들이 속한 지역을 스스로 다스렸는데, 이들을 호족이라고 해요. 호족은 원래 중국에서 비롯한 말로, 지방에 근거지를 둔 우수한 친족 집단을 가리키는 말이었어요.

힘센 호족은 작은 호족들을 통합하며 점점 세력을 키웠고, 결국 스스로 나라를 세워 견훤의 후백제와 궁예의 후고구려가 건국되었지요. 왕건 역시 개성에 터전을 둔 호족이었어요. 왕건은 자신을 따르는 호족들과 적극적으로 혼인하며 지배력을 키웠고, 그들의 힘을 이용해 마침내 고려를 건국합니다.

* 문벌 귀족(門閥貴族)

고려 전기에 국가 권력을 쥔 세력은 문벌 귀족이었어요. 그들은 고려를 건국할 때 공로를 세우며 권력을 잡았지요. 문벌 귀족은 지방 호족 출신이나 신라 6두품 출신 계통 유학자가 많았어요. 그들은 중앙 관리가 되어 고위직에 오르고, 자손 대대로 다양한 특권을 누렸습니다. 과거나 음서로 관리가 되었고 공음전, 과전을 비롯한 다양한 토지를 받았어요.

왕실과 혼인한 외척이 되어 권력 핵심부를 차지하기도 하고, 문벌 귀족끼리 결혼하여 특권을 독점하기도 했지요. 이자겸의 경원 이씨 가문은 왕실 외척이 되어 무려 80년간 권력을 누렸지요. 이 밖에 최충의 해주 최씨, 김부식의 경주 김씨, 윤관의 파평 윤씨 등이 대표적 문벌 귀족 가문이었어요. 고려 전기는 그야말로 문벌 귀족 세상이었던 거지요. 이들은 후에 무신 정변으로 몰락해요.

* 권문세족(權門勢族)

무신 정권으로 문벌 귀족이 몰락하고 무신 정권의 후손들이 새로운 권력층으로 등장합니다. 권문세족은 권력을 쥔 가문, 세력을 가진 집안이라는 뜻이에요. 고려가 몽골의 간섭을 받는 고려 후기에는 왕자들이 원나라로 잡혀가 그곳에서 교육을 받았어요. 귀국하여 왕이 된 그들은 고국에서는 의지할 만한 사람도 친한 사람도 없었지요. 주로 원에서 함께 지냈던 군인, 역관, 환관 등 자기 측근들과 국정을 상의했고, 이들이 중요한 관리로 임명됩니다.

이처럼 무신 정권의 후예와 더불어 원의 힘을 등에 업은 새로운 세력이 고려 후기의 권력을 장악하는데, 이들이 바로 권문세족이에요. 이들은 권력을 휘두르며 양인들의 토지를 강탈하고 그들을 노예로 삼으며 거대한 농장을 소유했어요. 양인 수가 급감한 결과 조세 수입이 줄면서 국가 재정은 허약해집니다. 결국 이들을 견제할 신진 사대부 계층이 떠오르며 고려는 멸망하고 조선이 건국됩니다.

* 신진 사대부(新進士大夫)

고려 말 부패한 권문세족에 대항하여 새로운 정치 세력이 등장했어요. 사대부의 사(士)는 공부하는 사람, 대부(大夫)는 관직을 얻은 사람이라는 뜻이에요. 이들은 새로 유입된 성리학을 받아들여 고려 사회의 개혁을 꿈꾸었어요. 이들은 대부분 하급 관리나 향리(지방에서 행정 실무를 맡아 처리하던 중인 계층 관리) 집안 출신이었고, 몽골족의 나라인 원을 배척했어요.

반원 정책을 추진했던 공민왕은 성균관의 기능을 강화했는데, 이런 변화 속에서 신진 사대부들이 중요한 정치 세력으로 성장합니다. 이색, 정몽주, 길재 등이 대표적 신진 사대부예요. 공민왕의 개혁이 실패로 돌아가자 정도전, 조준 등 혁명파 신진 사대부는 새로운 세상을 꿈꾸어요. 이후 이들은 위화도 회군으로 권력을 잡은 이성계와 결탁해 새로운 나라 조선을 건국합니다.

* 사림(士林)

조선이 건국될 당시 적극적으로 참여해 공신으로 인정받은 주도 세력을 훈구파(勳舊派)라고 해요. 훈구파는 세조가 단종을 몰아내고 왕위를 차지하는 과정에서도 공을 세워 조선의 막강한 권력 계층으로 군림하게 됩니다. 조선 건국 당시 고려 왕조에 대한 의리를 지키고자 했던 유학자들은 지방으로 물러나 정계에 진출하지 않은 채 지역에서 영향력을 쌓기 시작했지요.

대표적 학자가 길재인데, 이들을 사림이라고 합니다. 훈구파가 주요 관직을 독점하자 성종은 이들을 견제하기 위하여 지방의 사림들을 중앙으로 불러 모읍니다. 당연히 훈구파의 견제는 피할 수 없는 일이었죠. 훈구파의 공격으로 사림이 대거 목숨을 잃은 사건을 '사화(士禍, 사림이 화를 입은 사건)'라고 합니다. 연산군과 중종 시대에 걸쳐 대규모 사화만 네 차례나 발생해요.

그러나 사림은 14대 임금 선조 때 드디어 권력을 잡고 성리학을 중심으로 한 정치를 펼쳐 나갑니다. 사림은 이후 조선 후기를 이끄는 주도 세력으로 성장해요. 이후 사림끼리 여러 견해 차이로 대립하여 동인, 서인, 북인, 남인, 노론, 소론 등으로 나뉘는데 이를 붕당이라고 합니다.

* 국자감(國子監)

고려 시대 관리를 기르기 위해 나라에서 세운 최고 교육 기관이에요. 지금으로 치면 최고 국립 종합 대학과 같은 것이지요. 국자감은 원래 중국 수나라 이후 최고 학문 기관 이름이었어요. 고려는 불교를 받들었지만 정치는 유교의 가르침대로 따르려고 했지요. 성종 때 유교에 밝은 관리를 양성하고자 그전까지 경학(京學)이라 불리던 교육 기관의 이름을 바꾸어 국자감을 설치합니다. 국자감에는 유학을 공부하는 학과 3개, 기술을 공부하는 학과 3개가 있었어요.

나라에서 학교를 세우는 전통은 삼국 시대에 시작되었지만, 고려에 와서 더 적극적으로 시행되었지요. 국자감이라는 명칭은 이후 여러 번 바뀝니다. 충렬왕 때는 원나라가 간섭하여 국학(國學)으로 이름이 바뀌었다가 충선왕 때는 성균관으로, 공민왕 때는 원나라를 배척하는 마음에서 원래의 국자감으로, 그 후 다시 성균관으로 바뀌어 조선 시대까지 이어지지요.

* 교정도감(教定都監)

도감은 원래 국상(國喪)이나 궁궐을 짓는 것과 같이 나라에 큰일이 생겼을 때, 이러한 중대사를 처리하려고 임시로 설립한 기관의 이름이에요. 이런 일들은 평상시에는 처리할 필요가 없으니 담당 기관이 없었던 거지요. 훈련도감(조선 시대에 수도 수비를 맡아 보던 군영), 전민변정도감(고려 시대에 토지와 노비를 정리하려고 설치한 임시 관청) 등 목적에 따라 고려 시대와 조선 시대에는 다양한 도감이 존재했어요.

그런데 임시로 만든 이 기관들이 국가 상설 기구보다 권력이 막강해져 나중에는 국가의 실질적인 최고 통치 기관으로 군림하는 일이 일어났는데, 그것이 바로 고려 무신 정권기 최충헌이 만든 교정도감이에요. 무신의 난 이후 무신들 간의 권력 싸움이 치열했는데, 최충헌은 교정도감을 만들어 스스로 교정별감이라는 벼슬에 오른 뒤 모든 정권을 장악하지요. 교정도감 전까지 무신 정권은 중방이라는 기구에서 합의로 의사를 결정했는데, 교정도감이 권력을 잡으며 본격적인 일인 독재 정치 지배 체제로 변모하게 됩니다.

* 정동행성(征東行省)

원나라를 세운 쿠빌라이는 고려를 침략하고 이어서 일본까지 정벌하고 싶어 했어요. 하지만 원정은 파도와 태풍으로 모두 실패하고 다음을 기약하게 되었죠. 다시 일본 정벌에 도전하기 위해 고려 땅에 관청을 만드는데 그것이 정동행성입니다. 정동행성의 정식 명칭은 정동행중서성이에요. 정동(征 정벌할 정, 東 동쪽 동)은 동쪽을 정벌한다, 즉 일본 정벌을 의미하고, 행중서성은 원나라 중앙 관청인 중서성의 지방 분원이라는 뜻이에요.

정동행성은 원래 일본 원정에 필요한 여러 업무를 담당하는 것이 목적이었지만 점차 일본 원정에 대한 욕망은 시들해지고 오히려 고려 정치를 간섭하는 데 더 힘을 쏟았지요. 70여 년간 유지되던 정동행성은 반원 정책을 편 공민왕 때 폐지되었어요.

* 서원(書院)

지방을 중심으로 세력을 쌓던 사람들이 명망 높은 유학자의 제사를 지내고, 학문을 수양하며, 인재를 교육하려고 세운 집을 의미합니다. 성균관이 국립 대학이고, 향교가 국립 지방 대학이라면, 서원은 사립 지방 학교 역할을 했어요. 서원은 사림들이 후학을 키우며 당파를 결속하는 정치적 구심점이기도 했어요.

최초의 서원은 성리학을 들여온 고려의 문신 안향을 모신 백운동 서원이에요. 이후 서원들은 임금에게 현판을 받고 국가 공인 성리학 전당으로 인정받아 그에 걸맞은 여러 혜택을 누리게 되었지요. 점차 영남 지방을 중심으로 서원이 퍼져 18세기에는 전국에 서원이 1,000곳도 넘을 정도로 난립했어요.

서원은 초기의 긍정적 기능은 점점 줄어들고 후기로 갈수록 세금을 면제받고 국가로부터 토지와 노비까지 지원받는 등 양반층의 이익을 도모하는 이기적 집단으로 변질되었습니다. 1864년 흥선 대원군은 전국 600여 개 서원 중 47개만 남기고 나머지는 과감하게 없 앴어요. 이를 서원 철폐령이라고 해요.

* 비변사(備邊司)

글자 그대로는 변방의 일을 대비하는 기구라는 뜻이에요. 조선 시대 국방이나 군사와 관련된 업무는 병조가 담당했어요. 평소에는 병조 가 관장하다가 중요한 일이 생기면 최고 기구인 의정부에 보고했어 요. 그러면 의정부에서 6조 대신이나 지방 수령들을 한데 모아 최종 회의를 열었지요. 그런데 전쟁이 일어나거나 외적이 쳐들어오면서 문제가 달라집니다. 이렇게 복잡한 절차로는 도저히 빠른 대책을 마 련할 수 없었던 거지요.

　마침 중종 때 왜적이 삼포에 쳐들어오자 새로운 임시 기구인 비변 사를 설치합니다. 그야말로 임시 기구였지요. 그런데 이후 임진왜란 과 병자호란이 연이어 터지자 국가의 모든 힘은 전쟁을 막는 일에 집중됩니다. 이제 비변사는 국방뿐만 아니라 나라의 중요한 모든 일 을 결정하는 최고 기관이 되었죠. 정권을 잡은 세력은 비변사에 모 이고, 그들이 다시 비변사 권한을 확대하는 순환이 시작돼요. 이로 써 점차 왕권은 약해지고 의정부나 6조 기능은 유명무실해집니다. 결국 비변사는 고종이 즉위하며 막강한 권력을 잡은 흥선 대원군이 전격적으로 폐지합니다.

* 통신사(通信使)

조선은 사대교린을 외교 정책으로 심었어요. 사대교린은 큰 나라는 섬기고(事 섬길 사, 大 클 대), 이웃 나라와는 평화롭게 지내는(交 사 귈 교, 隣 이웃 린) 정책을 말해요. 이때 큰 나라는 명나라, 이웃 나라 는 일본이었어요. 조선과 일본은 서로 대등한 관계에서 사절단을 파 견했는데, 조선에서 일본으로 보낸 국왕의 사절단이 '통신사'입니다. 통신사는 믿음을 통한 사절단이라는 뜻이지요.

임진왜란 전까지 조선과 일본은 서로 활발하게 교류했지만 임 진왜란으로 국교가 단절됩니다. 이후 1609년 기유조약으로 두 나 라 사이에 국교가 정상화되자 통신사가 다시 파견되었어요. 조선은 200년간 12차례나 통신사를 보내 남쪽 국경을 위협해 온 일본의 동 태를 파악하면서 조선의 학문, 기술, 문화를 일본에 전달했지요.

1876년 강화도 조약을 체결한 이후 통신사는 수신사(修信使)로 이 름이 바뀝니다. 통신사가 일본에 문물을 전해 주었다면 수신사는 오 히려 메이지 유신으로 근대화에 성공한 일본의 근대 문물을 시찰했 어요.

짜잔~~

* 별기군(別技軍)

조선 후기 나라의 중심 군대는 오군영(五軍營)이었어요. 1881년(고종

18년) 오군영에서 가장 빼어난 80명을 선발하여 총으로 무장한 최초의 신식 부대를 창설했는데, 이것이 별기군입니다. 이들은 일본 군사 교관에게 훈련을 받았고, 오군영의 다른 군인보다 월급이나 대우가 훨씬 좋았어요.

구식 군인들은 일 년이 넘도록 급여를 받지 못할 정도로 처우가 열악했으므로 별기군에 대한 차별은 기존 군인들의 큰 반발을 불러일으켰지요. 결국 1882년 구식 군대가 폭동을 일으키는 임오군란이 일어납니다. 격분한 군인들은 대원군을 앞세워 개화파를 제거하고 일본 공사관을 습격하지요. 그러자 조선은 청나라에 지원군을 요청하고, 이후 조선은 본격적으로 청나라의 정치적 간섭을 받게 되지요.

* 조선 총독부(朝鮮總督府)

1905년 을사늑약으로 조선의 외교권을 빼앗은 일본은 통감부를 설치하여 조선을 관리합니다. 1910년 조선의 주권이 완전히 넘어가자 통감부 대신 조선 총독부를 설치해 우리나라를 통치하죠. 총독부는 총괄하여(總) 관리하는(督) 관청(府)이라는 의미예요.

총독부는 1910년부터 조선이 해방되는 1945년까지 무력으로 조선의 정치, 경제, 사회, 문화 전반에 걸쳐 식민 통치를 하고 조선의 입법, 사법, 행정 전 분야에서 전권을 휘둘렀습니다. 만주 사변이나 중일 전쟁과 같은 침략 전쟁을 하며 조선의 물자를 전쟁에 동원했을 뿐만 아니라 조선과 일본이 하나라는 내선일체 사상을 내세웠습니다. 또 일본식 이름을 강요하는 창씨개명이나 우리말과 역사를 배우지 못하게 하는 민족 말살 정책 등 총독부는 조선에 대한 탄압과 수

탈을 총지휘하는 최고 기관이었어요.

　1945년 일본의 패망과 함께 총독부는 해체되지만 총독부 건물은 광복 이후에도 정부 중앙 청사나 국립 중앙 박물관으로 사용되다가 1995년에야 철거되었습니다.

4장 사상에 대한 개념어:
그 사상이 나타났던 사회적 배경부터 파악하세요

사상에 대한 개념어가 어려운 이유는 다른 어휘들과 달리 명칭을 해석한다고 해서 쉽게 뜻을 이해하기 어렵기 때문이에요. 사상이 무엇일까요? 정치, 인생, 철학 등 어떤 주제를 두고 오래도록 숙고를 거듭하여 마침내 커다란 사유의 체계를 완성한 것입니다.

역사책에서 만나는 사상들은 하나하나가 박사 학위 논문의 주제가 될 정도로 방대하고 심오한 것들이에요. 사실 설명 몇 줄을 읽고 모든 것을 이해하려는 생각 자체가 욕심이지요. 그렇다면 우리는 어떻게 해야 할까요? 어차피 제대로 알 수 없으니 깔끔하게 포기할까요?

우리는 그 난해한 지식의 뿌리까지 파고들 수는 없지만 대강의 맥락은 얼마든지 파악할 수 있습니다. 맥락은 혈관이 이어진 것처럼 사건이나 사물이 관계를 맺거나 연관된 것을 말해요. 사상에 대한 개념어를 공부할 때는 이와 같은 맥락을 파악하는 것이 필수입니다.

사상은 사람들 머릿속에서 구축되는 것이니 ① 그 사람들이 누구인지 ② 어떤 시대를 살았는지 ③ 어떤 이유로 그 사상을 설계했는지 ④ 동시대를 살면서 그것과 비슷하거나 반대되는 다른 사상은 어떤 것이 있었는지 두루 살펴야 하지요. 이 네 가지를 염두에 두고 공부한다면 박사 학위 논문은 쓸 수 없어도 교과서를 이해하기에는 충분할 것입니다.

* 성리학(性理學)

중국 송나라의 주희가 만든 유교 철학입니다. 주희가 만들어 주자학이라고도 해요. 우리나라에는 고려 말에 들어와 조선 시대에 나라를 다스리는 근본 사상이 되었어요. 성리학 이전의 유교(훈고학)는 현실 생활과 동떨어진 채 경전을 해석하는 것만 강조했어요. 그에 비하여 성리학은 인간의 마음(性)과 우주의 원리(理)를 탐구하는 개인의 수양을 중요하게 여겼습니다. 인의예지신(仁義禮智信)이라는 성리학의 주요 가치는 모두 인간이 어떻게 살아야 할지에 대한 실천 덕목이었지요.

하지만 인간의 현실적 실천을 강조하며 출발한 성리학도 조선 후기에는 지나치게 추상적 이론에 치우치고, 오히려 현실과 동떨어진 탁상공론만 거듭하게 되어 이를 비판하는 실학이 등장합니다.

* 실학사상(實學思想)

임진왜란과 병자호란을 겪으면서 조선 사회는 정치적으로나 경제적으로나 피폐(지치고 쇠약해짐)해졌어요. 양반들의 부패가 극심해져

나라 전체에 대한 근본적 개혁이 필요했지요. 하지만 국가의 기본 사상인 성리학은 이에 대한 대안을 제시할 수 없었어요. 인간의 마음과 우주의 원리를 탐구하는 개인 수양에 대한 강조로는 근대로 넘어가는 역사 흐름을 따라가기 어려웠던 것이지요.

청나라에서는 놀라울 만한 과학적 진보가 일어났고, 서양 문물은 중국만이 이 세상의 중심이 아니라는 것을 증명했지요. 이에 조선에서도 백성의 삶에 실질적으로 도움이 되는 학문을 하자는 운동이 일어났는데, 그것이 실학입니다. 중농학파(重農學派)는 산업의 근간이 되는 농업을 중심으로 개혁을 해야 한다고 주장했어요. 유형원, 이익, 정약용 등이 대표적 학자이지요. 박지원, 박제가, 홍대용은 청나라의 발달한 문물을 받아들여 상공업이 중심이 된 개혁을 하자고 주장했지요. 이를 중상학파(重商學派) 또는 청나라를 배우자는 의미에서 북학파(北學派)라고도 합니다.

* 풍수 사상(風水思想)

음양오행설을 바탕으로 인간이 자연의 공간과 땅을 어떻게 운용하는 것이 좋은지에 대한 동아시아 고유 사상을 말합니다. 풍수 사상은 산, 강, 땅 등과 같은 자연의 기운을 인간의 길흉화복과 연관해 해석합니다. 쉽게 말해 집, 건물, 무덤, 도시처럼 인간이 살아갈 공간을 어디에 어떻게 배치하는지에 따라 그곳에 살아가는 사람의 운명이 달라진다는 이론이에요. 우리나라에는 신라 말기 승려 도선이 중국에서 처음 들여왔어요. 고려가 수도를 개경으로 옮긴 것이나 조선이 한양을 수도로 정한 것도 풍수 사상에 따른 결정이었지요.

* 예송 논쟁(禮訟論爭)

예송(禮訟)이라는 말의 뜻을 이해한 뒤 공부를 시작해야 해요. 단어의 뜻을 모른 채 뒤로 이어지는 복잡한 역사적 사건을 따라가다 보면 핵심이 무엇인지 파악이 안 되어 결국 지식이 가루처럼 흩어집니다. 예송은 예법에 대한 논리 싸움이라는 뜻이에요. 얼마나 중요한 예법이기에 역사에 길이 남았을까요?

효종이 승하하자 그 계모인 대비가 상복을 몇 년 입어야 예법에 맞는지를 정하려고 남인과 서인 사이에 치열한 대결이 벌어집니다. 그까짓 상복이 뭐 그렇게 중요하다고 싸우나 싶겠지만, 이것은 효종에게 장자의 예를 따르게 할지 아닌지를 결정하는 중대한 문제였어요. 표면적으로는 상복의 예에 대한 규정이었지만 심층적으로는 권력 계승자의 자격을 대외적으로 인정할지 말지를 가늠하는 상징적 결정이었지요. 그 결정에 따라 왕권이 강화될 수도, 신권(臣權)이 강화될 수도 있었어요.

후에 효종의 왕비가 죽자 같은 문제로 두 번째 싸움이 벌어져요. 1차 예송에서는 서인이 승리하고, 2차 예송에서는 남인이 승리해요. 예송 논쟁은 의례에 대한 성리학적 견해 차이처럼 보이지만 실제로는 정권을 잡기 위한 남인과 서인 간의 처절한 붕당 싸움이었어요.

* 북벌론(北伐論)

북쪽(北)을 정벌(伐)하자는 주장입니다. 병자호란 때 청나라에 볼모로 잡혀갔던 봉림대군은 조선에 돌아와 왕(효종)으로 즉위하자 본격적으로 복수를 다짐합니다. 청에 당한 굴욕을 갚고 임진왜란 때 조선을 도와준 명나라에 대한 의리를 지킨다는 것이 명분이었어요. 군대를 키우고 신무기를 만들고 군비도 늘렸지요.

그러나 조선의 힘으로 청나라를 정벌한다는 것은 현실적으로 불가능한 일이었습니다. 효종이 승하할 무렵 청나라는 중국 대륙을 통일할 정도로 세력이 커져요. 이에 따라 북벌론은 자연스럽게 소멸합니다. 이를 보고 실학자 박지원은 《허생전》에서 현실성도 없이 입으로만 명분을 떠드는 양반들의 허위의식을 꼬집기도 했어요. 이후에는 오히려 발달한 청나라 문명을 배우자는 북학 운동이 대두됩니다.

* 위정척사 사상(尉正斥邪思想)

바른 것을 지키고(衛正) 나쁜 것을 물리친다는(斥邪) 성리학의 사상입니다. 성리학을 집대성한 중국 송나라의 주희는 북쪽 여진족의 침략으로부터 한족의 정통성을 강조하기 위해 위정척사 사상을 정립했어요. 성리학을 신봉했던 조선의 유학자들은 영·정조 때 천주교가 들어와 유교 전통을 거스르자 위정척사 사상을 내세웠습니다.

이 사상은 프랑스군이 조선을 침략한 병인양요 때부터 본격적으로 대두되었고, 후에는 일제에 맞서는 의병 투쟁으로 이어졌지요. 외부 세력은 무조건 나쁜 것으로 여겨 나라 문을 여는 것에 반대했으므로 문호를 개방하고자 하는 개화파와 충돌했어요. 최익현, 기정진, 이항로 등이 위정척사 사상을 주장한 대표적 인물입니다.

* 동학(東學), 천도교(天道敎)

세도 정치로 혼란스러웠던 19세기 조선에서는 사람들이 전통적으로 의지했던 불교나 유교가 종교적 기능을 다 하지 못했고, 이에 따라 서양에서 유입된 천주교가 조금씩 유행했어요. 하지만 천주교는 조상의 제사를 모시지 못하게 하는 등 뿌리 깊은 유교적 가치관과 충돌하는 면이 있었죠. 경주의 몰락 양반 최제우는 우리나라 고유의 민간 신앙에 유교, 불교, 도교를 융합하여 새로운 종교를 만들었어요. 그리고 이를 천주교 서학의 반대 개념으로 동학이라고 했지요.

동학의 핵심 교리는 '하늘이 곧 사람'이라는 인내천(人乃天) 사상이에요. 모든 사람을 평등하게 하늘처럼 떠받들어야 한다는 뜻인데, 계급 사회인 조선에서는 받아들이기 힘든 논리였어요. 결국 정부는 동학을 탄압했지만 농민들은 동학의 생각에 환호하여 1894년 무능한 조선에 대한 대규모 투쟁 운동을 전개합니다. 이것이 동학 농민 운동이에요. 낡은 제도에 저항하는 반봉건, 서양의 침략으로부터 나라를 지키자는 반외세의 기치를 든 동학은 종교라기보다는 사회 운동에 가까웠어요.

3대 교주 손병희는 1905년 동학을 천도교로 개명하고 좀 더 근대적인 종교의 체계를 갖추려고 노력합니다. 1919년에는 3·1 만세 운동에 참여하고 《개벽》, 《어린이》 등의 잡지도 간행하였지요.

5장 유물에 대한 개념어:
이름 속에 이미 답이 숨어 있다는 것을 기억하세요

금동 미륵보살 반가 사유상, 혼일강리역대국도지도, 서산 마애 삼존 불상……. 암호처럼 느껴지는 이 말들은 대체 정체가 무엇일까요? 보기만 해도 벌써 공부의 열의가 꺾입니다. '조상님들은 왜 이런 것들을 남겨 놓아서 우리를 이렇게 힘들게 만들지'라고 생각하는 학생들도 있을 것입니다. 하지만 조상님들이 처음부터 이런 것들을 유물로 남겨야겠다고 결심한 것은 아닙니다. 당대에는 뭔가 쓸모가 있어서 만들었겠지요. 그것을 유물로 여기는 것은 후대의 평가입니다.

그렇다면 수없이 많은 과거 물건 중에서 어떤 것이 어떤 이유로 유물이 되어 역사책에 이름을 올리게 되었을까요? 우리가 기억해야 할 것은 그 사물에 담긴 역사적 의의입니다. 그러려면 먼저 그것이 무엇인지 알아야 합니다.

유물의 명칭에는 그 물건에 대한 많은 단서가 들어 있습니다. 불상, 지도, 비석, 그림, 도자기 등 명칭은 유물의 정체를 알려주지요. 그 위에 사물에 대한 가장 결정적 특징을 덧붙여 이름이 완성됩니다. 이름만 해석해도 유물 모습을 상상할 수 있는 경우도 많아요. 누렁이나 바둑이처럼 이름만으로 강아지 색깔을 짐작할 수 있는 것처럼요.

따라서 가장 기본적인 것은 유물의 명칭 자체를 해석하는 것입니다. 세형동검이라는 용어가 '폭이 가는(細) 청동검'이라는 것을 먼저 알아야 하는 것이죠. 거기서 멈추면 안 됩니다. 한 걸음 더 나아가 그것이 시대적·역사적으로 어떤 의미가 있는지 반드시 캐물어야 합니다. 다른 수많은 옛 물건 가운데 세형동검이 유물이 될 수밖에 없는 이유 말이에요.

세형동검은 북방의 비파형 동검 이후의 유물로 주로 청천강 이남 한반도에서 발견되었습니다. 이로써 고조선의 중심지가 요동에서 한반도로 옮겨졌으며, 고조선 후기에 한반도에서 청동기 제작이 활발했다는 것을 유추할 수 있지요.

이처럼 유물에 대한 개념어를 공부할 때는 ① 글자 그대로의 뜻 ② 유물의 시대 ③ 유물에 담긴 역사적 의의를 모두 이해해야 합니다. 유물이 현대의 우리에게 들려주는 그 속삭임을 놓치지 않는다면 복잡한 이름 정도는 한 번에 암기할 수 있습니다.

* 금동 미륵보살 반가 사유상(金銅彌勒菩薩半跏思惟像)

이름이 암호처럼 어렵지요? 이렇게 길고 어려운 명칭은 무턱대고 외우려면 헷갈려서 좀처럼 기억에 남지 않아요. 이때는 띄어 읽기가 중요합니다. 의미 단위로 잘라 말의 뜻을 해석하면 암기하기가 쉬워집니다. 금동은 구리에 금을 입힌 것을 말해요. 부처님 조각상을 만들 때 많이 사용하는 소재이지요. 미륵보살은 미래에 중생을 구원하러 온다는 천상의 보살이에요. 반가부좌는 가부좌 자세에서 한쪽 다리를 아래로 내린 것이고, 사유는 깊은 생각에 잠겨 있다는 뜻입니다. 요약하면 반가부좌 상태로 깊은 생각에 잠긴 미륵보살을 금동으로 조각한 불상이라는 의미입니다.

앞으로도 이렇게 길고 복잡한 명칭을 만나면 반드시 의미 단위로 끊어 읽으며 해석하고 암기하면 됩니다. 훨씬 쉽지요? 이렇게 이름을 해체하는 방법을 구구절절 설명하는 이유는 어렵게 느껴지는 명칭에 접근하는 방식을 일러 주기 위해서예요.

열 글자도 넘는 명칭을 내용도 모른 채 외우려고 든다면 고통스럽기도 하고 성공할 확률도 높지 않아요. 하지만 아무리 낯선 개념어도 글자를 분해하여 내용을 하나씩 해석한 뒤 외운다면 그다음은 내 지식이 되지요. 금동 미륵보살 반가 사유상은 삼국 시대에 제작한 불상이며 아름다움으로 칭송을 받는 국보입니다.

* 무구 정광 대다라니경(無垢淨光大陀羅尼經)

무구 정광은 한없이 맑고 깨끗하며 영롱한 빛이라는 뜻이고, 다라니경은 '다라니'라는 주문이 들어간 경전이라는 의미입니다. 1966년 불국사 석가탑을 보수하던 중 탑 아래에서 발견되었어요. 종이를 여러 겹 붙여 만든 두루마리 모양 책에 경전이 기록된 목판 인쇄물이죠. 너비는 8cm 정도에 길이는 6m가 넘는 인쇄물이에요. 8세기 중엽에 간행된 목판 인쇄물로, 세계에서 가장 오래된 목판 인쇄물입니다.

* 단양적성비(丹陽赤城碑)

충청북도 단양 성재산의 산성(山城) 안에서 발견된 신라 시대 비석이에요. 비문에 적힌 글은 신라 진흥왕이 이사부와 여러 관리에게 명하여 신라가 고구려를 공략하는 것을 도운 현지 사람 '야이차'를 포상하고, 이곳 주민을 위로하는 내용이에요. 광개토 대왕이 남쪽을 정벌한 이후 신라는 고구려의 영향력 아래 놓였지요.

진흥왕 때 이르러 마침내 죽령을 넘어 고구려 영토였던 단양의 적성을 차지하게 되었고, 백성들을 안정시키기 위해 그곳에 비석을 세웁니다. 비문 내용으로 비로소 산등성이를 둘러싼 산성 이름이 '적성'이라는 것을 알게 되었어요. 신라가 백제와 동맹을 맺고 한강 유역으로 진출한 것은 진흥왕 때부터예요. 진흥왕이 고구려 땅이던 남한강 상류 지역까지 영토를 확장한 것을 단양적성비로 기념한 것이지요.

* 왕오천축국전(往五天竺國傳)

신라 시대 승려 혜초의 기행문이에요. 인도의 옛 이름은 '천축국'이고 '왕(往)'은 다녀갔다는 뜻입니다. 그 시절 인도는 다섯 개 지역으로 나뉘어 있었으므로 이 책은 '인도 5개국을 탐방한 기록'이라는 뜻이지요. 혜초는 당나라를 거쳐 인도와 서역으로 불교 수행을 떠났고, 다시 당나라로 돌아와 이 책을 남겼어요.

1908년 프랑스 학자가 중국 둔황 석굴에서 발견하여 세상에 알려졌고, 지금은 프랑스 박물관에 보관되어 있습니다. 이 책에는 8세기 고대 인도와 중앙아시아의 종교와 문화에 대한 기록이 남아 있는데, 이는 현재까지 전해지는 그 시대의 유일한 기록이라고 할 수 있어요.

* 봉정사 극락전

경북 안동 봉정사에 있는 고려 시대의 불당이에요. 고려 시대 건축물의 특징인 주심포 양식과 배흘림 양식으로 유명해요. 주심포(柱心包) 양식은 기둥에 얹힐 건물 처마의 무게를 분산하기 위해 기둥 꼭대기에 서로 맞물린 나무쪽을 올린 구조를 말해요. 고려 시대 건축물은 규모가 작고 단아한 것이 많은데, 주로 주심포 양식을 사용했어요.

배흘림 양식은 기둥의 중간 부분은 배가 부르게 하고 위아래는 점점 가늘게 만든 양식입니다. 배흘림기둥은 건물 기둥의 가운데가 더 가늘어 보이는 착시 현상을 바로잡아 건물의 구조를 안정적으로 보이게 만들지요. 봉정사 극락전은 통일 신라 시대 건축 양식을 계승한 고려 시대 건축물인데, 우리나라에 남아 있는 가장 오래된 목조 건물로 역사적 가치가 높습니다.

* 직지심체요절(直指心體要節)

현재 금속 활자로 인쇄된 책 가운데 세계에서 가장 오래되었어요. 1372년 고려 공민왕 때 승려인 백운 화상이 지은 책을 그 제자들이 청주 흥덕사에서 1377년에 인쇄했어요. '직지심체'는 긴 불경의 문구 중 일부만 자른 것으로, '참선으로 사람의 마음을 보면 마음의 본성이 부처님 마음임을 깨닫게 된다'는 뜻입니다. 여러 불교 경전에 실린 내용 중 좋은 구절만 뽑아 편집한 책이지요. 줄여서 《직지심경》이라고도 해요. 서양의 구텐베르크보다 78년이나 앞서 인쇄되었고, 유네스코 세계 기록 유산으로 지정되어 있어요. 현재는 이 책 하권이 프랑스 국립 도서관에 소장되어 있습니다.

* 혼일강리역대국도지도(混一疆理歷代國都地圖)

조선 태종 2년에 제작한 세계 지도예요. 가로 164cm, 세로 148cm의 초대형 지도로, 동양에서 발견된 세계 지도 가운데 가장 오래된 것입니다. '혼일'은 중국과 주변 오랑캐 국가까지 하나로 모았다는 뜻이고, '강리'는 영토, '역대국도'는 역대 나라의 수도라는 뜻이에요.

요약하면 중국과 주변국의 영토와 수도를 담은 세계 지도라는 의미이지요. 지도 가운데를 차지하는 커다란 중국을 중심으로 동쪽으로는 일본, 서쪽으로는 유럽과 아프리카까지 포함되어 있어요. 중국의 지도를 기초로 일본과 조선의 최신 지도를 편집하여 만든 세계 지도입니다. 중국의 지도가 주로 중국을 중심으로 조공 관계를 맺은 주변국만 포함한 것에 비하여 이 지도에는 유럽과 아프리카를 포함하는 객관적 세계의 실체를 담았지요.

* 앙부일구(仰釜日晷)

조선 세종 16년(1434)에 제작된 해시계입니다. 앙부일구(仰 우러를 앙, 釜 가마솥 부, 日 해 일, 晷 그림자 구)는 '하늘을 우러러보는 가마솥처럼 생긴 곳에 비치는 해그림자'라는 뜻으로, 시계 모양이 가마솥처럼 생긴 데서 유래했어요. 반구형 그릇 안에는 시간을 측정하는 여러 선이 그어져 있어 시침 그림자로 시간과 절기를 측정할 수 있었지요.

농업이 국가의 중요 산업이었던 조선 시대에 절기, 날짜, 시간은 매우 중요했으므로 시계를 제작하여 사람들이 많이 다니는 종로 등지에 공중 시계로 설치했어요. 최초의 것은 임진왜란으로 분실되었고 현재 남아 있는 것은 조선 후기에 다시 제작된 것입니다.

* 칠정산(七政算)

우리나라는 삼국 시대 이래로 중국의 달력을 수입해서 사용했어요. 우리나라가 해마다 겨울 동지에 중국으로 사신을 보낸 이유 중 하나도 다음 해 달력을 받아오기 위해서였지요. 그런데 원나라 달력은 그들의 수도를 기준으로 삼아서 우리 실정과 맞지 않았지요. 그래서 세종 때 처음으로 한양을 기준으로 우리나라 실정에 맞는 달력을 만드는데, 이것이 칠정산입니다.

칠정산은 일곱 가지 천체 운행을 계산하는 법이라는 의미예요. 달력인데도 '력'을 붙이지 않고 '산'이라고 한 까닭은 '력'은 중국 천자가 만든 역서에만 사용할 수 있는 명칭이었기 때문이에요. 우리나라 실정을 기준으로 삼고 중국이 아닌 우리 시간을 사용할 수 있었던 것은 역사적으로나 과학적으로나 의미가 매우 큽니다.

* 백두산정계비(白頭山定界碑)

백두산에 국경선의 경계를 정한 비석이라는 의미입니다. 조선 숙종 때(1712) 백두산 2,200m 지점에 비석을 세웠어요. 당시 조선과 청나라는 압록강과 두만강을 사이에 두고 영토 문제로 자주 싸웠어요. 그래서 두 나라는 국경에 대한 협상 끝에 "서위압록 동위토문"이라는 문구를 적어 백두산에 세웁니다. 서쪽으로는 압록강, 동쪽으로는 토문강이 국경이라는 뜻이죠. 여기서 필요한 것은 지도입니다. 지도를 보면 바로 이해될 거예요.

이렇게 정돈한 국경 문제가 조선 후기에 이르러 다시 논란이 돼요. 간도가 누구 것인지를 두고 조선과 청나라 사이에 분쟁이 발생했기 때문이지요. 서쪽은 압록강이 맞는데, 토문강이 어디인지가 핵심이었습니다. 청나라는 토문강이 두만강이라고 우겼고, 조선은 두만강에서 북쪽으로 뻗어 있는 송화강이라고 주장했어요. 조선의 의견이 맞는다면 한반도 위쪽 동간도 지방은 조선 영토가 되지요.

이 문제는 그 당시에는 결국 합의에 이르지 못하다가 후대에 엉뚱한 방향으로 결정되고 말아요. 1909년 일본이 조선을 점령하면서 남만주에 철도를 부설할 수 있는 권리를 청에 받는 대신 간도 지방을 제멋대로 청에 넘겨주고 만 것이죠. 백두산정계비도 만주 사변 당시 일제가 철거해 버렸답니다.

* 진경산수화(眞景山水畵)

조선 후기에 우리나라 자연을 소재로 그린 산수화입니다. 진경(眞景)은 상상의 공간이 아니라 실제 경치를 의미합니다. 그 전까지 조선 사대부들은 중국의 그림을 베껴서 본 적도 없는 무릉도원이나 태산과 같은 상상 속 풍경을 주로 그렸어요. 겸재 정선의 진경산수화는 이러한 방식과 이별하고 금강산이나 인왕산 같은 우리나라 산천을 소재로 삼았지요. 먹과 붓을 사용하는 방식도 독창적이어서 주체적이고 독자적인 조선의 화풍을 개척했어요.

사실 진경은 실제로 존재하는 '실제 경치'라기보다는 '진짜 경치, 참된 경치'라는 의미에 가까웠어요. 꼼꼼하고 사실주의적인 묘사보다 화가의 자유로운 시선에 따라 화가 머릿속에 존재하는 이상적인 모습이 포함된 새로운 경지의 화풍이었어요. 관념과 철학을 담되 상상화가 아니라 실제 조선의 풍경을 담은 탈중국화의 시작을 알린 방식이었습니다.

* 척화비 (斥和碑)

1866년 병인양요를 겪고 1871년 신미양요로 서양의 침입을 물리친 흥선 대원군은 그해 4월 전국 각지에 척화비를 세워요. 척화비는 서양과의 화친을 배척한다는 뜻이에요. 비석에는 '서양의 오랑캐가 침입했는데, 싸우지 않고 화친(서로 사이좋게 지내는 것)을 주장하는 것은 나라를 파는 것'이라는 내용을 새겼지요.

척화비가 세워지고 흥선 대원군이 권력을 잡은 그 시기에는 어떤 나라도 조선과 교류할 수 없었어요. 1882년 임오군란 이후 대원군이 청나라로 끌려가자 조선은 비로소 개국하게 되었고, 그때 척화비는 대부분 철거됩니다.

1. 아래에 설명된 의미의 개념어를 써 보시오.

의미	개념어
1. 이성계가 요동 지역을 공격하러 갔다가 위화도에서 군사를 되돌려 온 사건.	
2. 신라의 신분 제도.	
3. 고려 무신 정권 이후 지배층으로 '권력을 쥔 가문, 세력을 가진 집안'이라는 뜻.	
4. 1907년 국민의 모금으로 나랏빚을 갚기 위하여 전개된 국권 회복 운동.	
5. 고려 후기에 새롭게 등장하여 조선을 건국한 정치 세력.	
6. 흥선 대원군이 서양과 화친을 배척한다는 뜻으로 전국 각지에 세운 비석.	
7. 고려 때 개설된 국립 교육 기관.	
8. 고려 1170년 정중부, 이의방 등이 반란을 일으켜 문신들을 척살하고 왕을 몰아낸 사건.	
9. 조선 시대 훈구파에 대응하여 향촌 사회의 성리학적 질서와 수신 그리고 왕도 정치를 앞세운 세력.	
10. 신라 말기와 고려 초기에 경제력과 군사력이 강했던 지방 세력.	
11. 국제 연합(UN)의 위임을 받은 나라가 정치적 혼란이 생길 거라고 예상되는 지역을 대신 통치하는 것.	
12. 바른 것을 지키고 옳지 못한 것을 물리친다는 뜻으로, 구한말 외세의 개항 압력이 거셀 때 이를 반대하는 반외세 운동의 이념적 바탕이 된 이론.	
13. 삼국 시대 신라가 고구려 영토인 적성 지역을 점령한 후 세운 비석.	
14. 송나라 주희가 세운 유학으로 인간의 마음과 우주의 원리를 탐구하는 학문.	
15. 고려·조선 시대 조상의 공로로 후손이 과거를 보지 않고도 관리에 임용되는 제도.	
16. 조선 후기 지주가 수확량과 관계없이 미리 토지 사용료를 일정하게 정한 방식.	
17. 조선 후기에 대두되었으며 백성의 삶에 도움이 되는 실용적 학문.	
18. 세계 최고(最古)의 목판 인쇄본으로 751년경 간행된 불교 경전.	
19. 조선 중후기 의정부를 대신하여 국정 전반을 총괄한 실질적인 최고 관청.	
20. 조선 시대 관직을 수행하는 현직 관리에게 토지 수조권을 지급하는 제도.	

2. 다음 뜻에 알맞은 개념어를 서로 연결하시오.

① 칠정산　　　　　고구려 시대의 빈민 구호 제도.

② 노비안검법　　　고대 국가의 법률.

③ 서원　　　　　　세종 때 한양을 기준으로 우리나라 실정에

　　　　　　　　　　맞게 만든 최초의 달력.

④ 율령　　　　　　조선 시대 지방의 유학 교육 기관.

⑤ 진대법　　　　　고려 광종 때 실시한 노비 해방법.

3. 제시된 초성을 참고하여 개념어의 뜻풀이를 완성하시오.

① 통신사 – 조선에서 (ㅇㅂ)으로 보낸 국왕의 사절단.

② 별기군 – 고종 18년 창설된 최초의 (ㅅㅅ ㅂㄷ).

③ 교정도감 – 고려 시대 무신 집권 시기 (ㅊㅊㅎ)이 설치한 최고 권력
　　기구.

④ 아관파천 – 1896년 고종이 (ㄹㅅㅇ) 공사관으로 몸을 피한 사건.

4. 개념어의 정의를 생각하며 빈칸에 알맞은 한자의 음과 뜻을 쓰시오.

① 전시과 田(　　　) 柴(　　　) 科(　　　)

　　– 고려 시대 관리 등급에 따라 전지와 시지를 나눠 주던 제도.

② 신미양요 洋(　　　)擾(　　　)洋擾

　　–1871년 미군이 강화도에 침략해 벌어진 전쟁.

③ 서경 천도 西京 遷(　　　) 都(　　　)

　　– 고려가 서경으로 도읍, 즉 수도를 옮긴 것.

④ 양전 사업 量(　　　) 田(　　　) 事業

- 논밭을 측량하는 것.

⑤ 사화 士(　　　) 禍(　　　)

- 사림이 화를 입은 사건.

5. 다음의 글자들을 조합하여 뜻풀이에 알맞은 개념어를 쓰시오.

벌	귀	역	행	반	문	족	권	정	벌	법	균
정	인	병	성	조	론	세	진	동	신	가	북

① (　　　　　) - 1623년 서인 일파가 광해군을 몰아내고 인조를 왕으로 올린 사건.

② (　　　　　) - 명나라와 의리를 지키고 병자호란의 치욕을 갚기 위하여 청나라와 전쟁을 준비해야 한다는 주장.

③ (　　　　　) - 고려 건국 때 공을 세워 고려 전기에 권력을 쥔 주도 세력.

④ (　　　　　) - 원(元)나라가 일본 원정을 목적으로 고려에 설치했던 관청.

⑤ (　　　　　) - 조선 시대 병역 의무 대신 거두는 베를 두 필에서 한 필로 줄인 제도.

6. 설명에 해당하는 개념어를 다음에서 찾아 쓰시오.

왕오천축국전, 봉정사 극락전, 진경산수화, 백두산정계비, 앙부일구, 직지심체요절

① 현재 금속 활자로 인쇄된 책 중 세계에서 가장 오래된 책.

② 조선 세종 16년(1434)에 제작된 해시계.

③ 조선 숙종 때 청나라와 국경에 대한 협상 끝에 "서위압록 동위토문"이라는 문구를 적어 세운 비석.

④ 고려 시대 건축물의 특징인 주심포 양식과 배흘림 양식으로 유명한 고려 시대 사찰.

⑤ 조선 후기에 우리나라 자연을 소재로 그린 산수화.

⑥ 신라 시대 승려 혜초가 인도를 다녀와 쓴 기행문.

＊정답은 258쪽에 있습니다.

문해력을 높이는 7가지 습관

첫째, 읽고 싶을 때 바로 읽을 수 있는 환경을 만든다

집에서 가까운 공공 도서관을 찾아보거나 자주 갈 만한 서점을 한 곳 정해도 좋습니다. 인터넷 서점 앱을 설치하거나 전자책을 제공하는 사이트에 가입해도 좋아요. 그것이 무엇이든 나에게 가장 편리한 방법을 찾아 책을 읽고 싶은 순간이라면 바로 독서가 가능하도록 준비해 보세요. 힘들게 독서를 결심해도, 현실적으로 책이 내 손에 쥐어지는 과정이 번거로우면 쉽게 포기하게 됩니다.

둘째, 일주일에 세 번 이상 규칙적으로 글을 읽는다

요일을 정해도 되고 시간을 정해도 돼요. 점심시간이나 자습 시간을 활용하는 것도 한 방법이고요. 중요한 것은 독서가 내 일상으로 자리 잡도록 하는 일입니다. 종이 플래너를 쓰는 학생은 계획에 독서

시간을 표시하고, 일정 관리 앱을 깔아 둔 학생은 휴대 전화에 독서 시간을 알람으로 설정해 보세요. 일정을 점검할 아무런 도구를 사용하지 않는다면 그냥 포스트잇에 "월수금 30분 독서"라고 큰 글씨로 적어 책상 앞에 붙여만 두어도 됩니다.

셋째, 글을 읽을 때 주제문을 발견하면 밑줄을 긋는다

집중해서 글을 읽다 보면 작가가 힘을 주어 강조하는 구절이 무엇인지 눈에 보입니다. 그럴 때마다 연필을 들고 그 문장에 밑줄을 그어요.(빌린 책에는 안 돼요!) 그것이 습관이 되면, 책을 펴자마자 자동으로 머리와 눈이 핵심 문장을 찾으려는 준비 자세에 돌입할 거예요. 나중에 수능 국어 지문 독해에도 큰 도움이 됩니다. 설령 내가 찾은 문장이 주제문이 아니라도 괜찮아요. 중요한 것은 자세니까요. 의자를 뒤로 빼고 풍경을 감상하듯 나른하게 책을 바라보던 학생들은 주제문 찾기 연습만으로도 글을 대하는 태도가 달라집니다.

넷째, 모르는 단어가 나올 때마다 나만의 메모장에 뜻을 적어 기록한다

매일 쓰는 다이어리가 있다면 한 귀퉁이에 그날 새로 익힌 단어를 적어 보세요. 휴대 전화 메모 앱을 사용하는 것도 한 방법이에요. 만약 학교에서 휴대 전화 사용이 제한된다면, 단어장으로 쓸 만한 작은 수첩을 하나 정해 두는 것도 좋아요. 영어처럼 국어도 단어장을 만들어 관리해 보세요. 일주일에 한 번씩 모아 둔 단어를 다시 읽어 보면 재미도 있고 기억도 새로울 거예요. 늘어난 어휘력은 덤입니다!

다섯째, 문학 작품을 읽을 때는 등장인물의 감정에 공감하는 훈련을 한다

문학은 인생에 대해 적은 글이에요. 비록 나의 하루는 단조롭지만 문학 작품을 보며 타인의 색다른 인생을 얼마든지 대리 경험할 수 있지요. 마음의 문을 열고 작품 속 누군가의 감정에 빠져 책을 읽는다면, 더 풍성한 감동을 느낄 수 있을 것입니다. 호흡이 긴 소설을 읽어 본 적이 없는 학생이라면 꼭 한번 도전해 보세요. 수능 시험에 자주 나오는 근대 단편 소설이 어렵고 지루하다면 일단 스토리가 재미있는 청소년 소설로 시작해도 좋습니다. 소설만이 줄 수 있는 재미와 감동을 배우지 못한 채 청소년기가 마무리되는 것은 매우 안타까운 일이니까요. 수능 문학 지문 독해에도 도움이 될 것입니다.

여섯째, 주기적으로 어려운 글을 읽는 것에 도전한다

쉽고 재미있는 책도 좋지만 나의 지적 호기심을 자극하는 어려운 책에도 가끔 도전해 봅시다. 관심 있는 분야의 고전을 한 권 정하고, 처음에는 매일 한 페이지만 읽겠다는 가벼운 마음으로 시작하는 것이지요. 시간이 걸려도 좋고, 잘 이해되지 않는 구절이 있어도 괜찮아요. 마침내 그 책의 마지막 장을 덮는 날이 오기만 한다면, 어느새 내 독서 능력이 한 단계 올라가 있음을 발견하게 될 거예요.

일곱째, 해야 할 일이 이것저것 있을 때 독서를 다음으로 미루지 않는다

급한 일과 중요한 일이 있을 때 주로 무엇부터 처리하나요? 많은 사람이 마감이 촉박한 일들을 먼저 해치우지요. 급하니까요. 그러다

보면 중요한 일들은 결국 미뤄지고 미뤄지다가 내 인생에서 소리 없이 사라지게 되지요. 그렇게 우리는 가치 있는 일을 놓치고 별것 아닌 것들에 동동거리며 시간을 낭비합니다. 독서는 급할 건 없지만 무시해서도 안 되는 중요한 일 중 하나입니다. 오늘 일정을 확인해 보고 그중 독서보다 중요하지 않은 일이 있다면 일단 다른 것을 제쳐 두고 책 읽기부터 하세요. 모든 사람에게 공평하게 주어진 시간의 바구니에 보석을 담을지 잡동사니를 담을지는 전적으로 내 습관에 달려 있습니다.

연습
문제
정답

2부 국어 과목 개념어

1. 아래에 설명된 의미의 어휘를 써 보시오.

의미	어휘
1. 트집을 잡아 지나치게 많이 따지고 듦.	힐난
2. 속된 티가 없이 맑고 아름답다.	청아하다
3. 더 높은 단계로 오르기 위하여 어떠한 것을 하지 아니하다.	지양하다
4. 듣는 사람의 감정이 상하지 않을 정도로 모나지 않고 부드럽다.	완곡하다
5. 지세가 작전하기에 유리하게 되어 있어 군사적으로 아주 중요한 장소.	요충지
6. 옷 따위가 낡아 해지고 차림새가 너저분하다.	남루하다
7. 참기 힘들 정도로 심한 모욕.	곤욕
8. 여러 가지 전후 사정을 고려하여 생각하다.	감안하다
9. 학식과 견문이라는 뜻으로, 사물을 분별할 수 있는 능력을 이르는 말.	식견
10. 돌보거나 간섭하지 않고 제멋대로 내버려두다.	방임하다
11. 소, 양 따위의 짐승이 한번 삼킨 음식을 게워 내어 다시 씹다. 지나간 일을 되풀이하여 기억하고 음미하다.	반추하다
12. 공경하면서 두려워하다.	경외하다
13. 무엇에 홀려 마음이 흐려지게 하다.	미혹하다
14. 남을 깎아내려 헐뜯다.	폄훼하다
15. 어떤 일을 이루기 위하여 서로 의논하고 절충함.	교섭
16. 애달파 처량하고 슬프다.	처연하다
17. 남몰래 비밀스레 이야기함.	밀담
18. 서로 이기려고 다투거나 경쟁을 하는 곳.	각축장
19. 남의 물건이나 명의를 몰래 씀.	도용
20. 마음속에 품고 있는 생각이나 감정 따위를 다 드러내어 말함.	토로

2. 다음 뜻에 알맞은 순우리말로 이루어진 어휘를 서로 연결하시오.

① 시나브로   싸늘하고 스산한 기운이 있다.

② 여의다   모르는 사이에 조금씩 조금씩.

③ 갈무리   처음으로 물건을 파는 일이나 거기서 얻은 소득. 처음으로 부딪는 일.

④ 을씨년스럽다   부모나 사랑하는 사람이 죽어서 이별하다.

⑤ 마수걸이   물건 따위를 잘 정리하거나 간수함. 일을 처리하여 마무리함.

3. 다음 예문에 알맞은 관용적 표현을 아래에서 찾아 적어 보시오.

① 그녀에게 고백한 후 답문자를 기다리는 그 시간은 (일각 여삼추) 같았다.

② 늦은 밤 골목에서 누가 따라오는 기척이 들려서 나도 모르게 (오금 이 저렸다.)

③ 기껏 광클로 티켓을 예매했는데, 이제 와서 (만죽을 걸면서) 약속 을 어기다니!

④ 태풍 때문에 (발이 묶여) 공항에서 하룻밤을 꼬박 대기했어.

> 일각 여삼추, 만죽을 걸다, 안면을 바꾸다, 오금이 저리다, 발이 묶이다

4. 개념어의 정의를 생각하며 빈칸에 알맞은 한자의 음과 뜻을 쓰시오.

① 수미상관 首(머리 수) 尾(꼬리 미) 相(서로 상) 關(관계 관)

    – 머리와 꼬리가 서로 상관되는 방법이라는 뜻으로, 시의 처음과

끝에 같은 구절을 반복하여 배치하는 기법.

② 감정이입 感(느낄 감) 情(마음 정) 移(옮길 이) 入(들 입)

- 시에서 화자의 감정을 대상에 넣어서 마치 대상이 그렇게 느끼고 생각하는 것처럼 표현하는 방법.

③ 권선징악 勸(권할 권) 善(착할 선) 懲(응징할 징) 惡(악할 악)

- 착한 일을 권장하고 악한 일을 징벌함.

④ 선경후정 先(먼저 선) 景(경치 경) 後(뒤 후) 情(마음 정)

- 시에서 앞부붙에 자연 경관이나 사물에 대한 묘사를 먼저 하고 뒷부분에 자기감정이나 정서를 그려 내는 구성.

⑤ 가전체 假(거짓 가) 傳(전할 전) 體(몸 체)

- 사물을 의인화하여 전기 형식으로 서술한 고려 중기의 산문 문학 양식.

5. 다음의 글자들을 조합하여 뜻풀이에 알맞은 개념어를 쓰시오.

복	객	서	분	결	대	동	자	조	수	동	선
풍	운	얼	성	익	연	시	점	개	윤	창	감

① (개연성) - 실제로 일어날 법한 일을 다루는, 문학의 보편성을 가리키는 개념.

② (풍자) - 문학 작품 따위에서 현실의 부정적 현상이나 모순 따위를 빗대어 비웃으면서 씀.

③ (서얼) - 본부인이 아닌 여자나 첩에게서 난 아들과 그 자손.

④ (복선) - 소설이나 희곡 등에서 앞으로 발생할 사건에 대하여 그에

관련된 일을 미리 넌지시 비쳐 보이는 일.

⑤ (객창감) - 나그네가 여행하면서 느끼는 낯선 감정이나 집에 대한 그리움.

6. 설명에 해당하는 개념어를 다음에서 찾아 쓰시오.

> 시적 허용, 의식의 흐름, 전형적 인물, 역설, 함축성, 구성(플롯)

① 문학에서 미리 규정된 한 사회의 집단적 성격을 대표하며 성격의 보편성을 드러내는 인물. - 전형적 인물

② 논리적으로 이치에 어긋나며 모순된 표현 방식. - 역설

③ 인물과 사건들을 원인과 결과, 시간의 흐름 등과 섞어서 긴밀하게 작품을 엮어 내는 것. - 구성(플롯)

④ 시에서만 특별히 허용하는 비문법성, 띄어쓰기나 맞춤법에 어긋나는 표현. - 시적 허용

⑤ 시에서 하나의 단어가 사전에 풀이된 의미 이외에 다양한 의미를 내포하는 것. - 함축성

1. 아래에 설명된 의미의 개념어를 써 보시오.

의미	개념어
1. 물질적 재화의 형태가 아니라 생산과 소비에 필요한 인간의 노동력을 제공하는 것.	용역
2. 낮에는 일하는 사람들이 도심에 모였다가 밤이면 모두 빠져나가는 현상.	인구 공동화
3. 다수 사람에게 여러 정보를 전달하는 매개체.	대중 매체
4. 입법부와 행정부가 긴밀하게 합쳐져 국가를 운영하는 정부 형태.	의원 내각제
5. 법 주체 사이의 관계, 권리나 의무의 각 세부 사항에 대한 실질적 내용을 규정한 법.	실체법
6. 특정한 지역에서 생산되는 농산물이나 그 가공품이 유명할 경우, 그것에 지역명 표시를 할 수 있도록 법적으로 보호해 주는 제도.	지리적 표시제
7. 한 생물체 속에 다른 생물의 유전자를 끼워 넣어 새로운 성질을 갖도록 변형하거나 조작해 만든 식품.	유전자 조작 식품
8. 사람이 자신이 속한 사회의 가치와 규범을 받아들이고 사회에 적응하는 과정.	사회화
9. 학력, 직업, 직위처럼 개인의 의지와 노력으로 얻은 지위.	성취 지위
10. 일반적으로 받아들여지는 사회 규칙이나 사회적 규범에 어긋나는 행동.	일탈 행동
11. 선거에 들어가는 비용을 국가가 부담하고 정부가 선거를 관리하는 제도.	선거 공영제
12. 국가의 권력을 셋으로 나누어 서로 견제하면서 균형을 이루고자 하는 정치적 원리.	삼권 분립
13. 개인이나 기업의 편의를 위해 요구되는 사회의 기초 시설.	기반 시설
14. 사람이 어떤 행동을 하거나 판단할 때 자신이 누구인지 스스로 규정하는 집단.	준거 집단
15. 인간이 자신의 창의력으로 창작한 저작물에 대하여 갖는 독점적 권리.	저작권

16. 인간이 만든 문화 때문에 본래 인간성을 상실하고 인간다운 삶을 잃어버리게 되는 현상.	인간 소외
17. 하나를 선택함으로써 포기해야 하는 다른 가치 중 가장 큰 가치.	기회비용
18. 호주를 중심으로 가족의 출생, 혼인, 사망 등을 공식적으로 기록하는 제도.	호주제
19. 정치적으로 뜻과 목표가 비슷한 사람들끼리 정권 획득을 목적으로 만든 단체.	정당
20. 정부가 세금과 지출로 경기 흐름을 조정하는 정책.	재정 정책

2. 다음 뜻에 알맞은 개념어를 서로 연결하시오.

① 인구 부양력   일정 기간 물가가 꾸준히 오르는 현상.

② 고령화   한 국가가 자국 국민을 돌볼 수 있는 능력.

③ 배타적 경제 수역   한 사회에 속한 사람들의 나이가 많아지는 현상.

④ 인플레이션   배타적으로 경제 활동을 할 수 있는 바다의 구역.

⑤ 분업   생산 과정에 필요한 일을 여러 사람이 나누어 완성하는 것.

3. 제시된 초성을 참고하여 개념어의 뜻풀이를 완성하시오.

① 주상 절리 – 용암이 급격하게 식어서 굳을 때 육각형의 (기둥) 모양으로 굳어져 생긴 지형.

② 자유 무역 협정 – 국가 간에 (관세)를 없애고 자유로운 무역을 하기로 약속하는 것.

③ 제노포비아 - (이방인)이나 외국인을 싫어하는 현상.

④ 백두 대간 - 백두산에서 시작하여 남쪽의 지리산에서 끝나는 한반도의 큰 (산줄기).

4. 개념어의 정의를 생각하며 빈칸에 알맞은 한자의 음과 뜻을 쓰시오.

① 희소성 稀(드물 희) 少(적을 소) 性(성질 성) - 인간의 욕심은 무한한 데 비하여 그것을 만족시켜 줄 물질이나 시간은 매우 드문 상태.

② 적조 赤(붉을 적) 潮(밀물 조) - 강이나 바다가 붉게 변하는 현상.

③ 천부 인권 사상 天(하늘 천) 賦(부여할 부) 人(사람 인) 權(권세 권) 思想 - 인간은 태어날 때부터 하늘이 준 기본적 권리를 지니고 있다는 사상.

④ 문화 지체 文化 遲(더딜 지) 滯(막힐 체) - 물질문화의 변화에 비하여 비물질문화의 변동 속도가 뒤떨어지는 현상.

⑤ 간척 干(방패 간) 拓(넓힐 척) - 바다나 호수 일부를 둑으로 막고 그 안의 물을 빼내 육지로 만드는 일.

5. 다음의 글자들을 조합하여 뜻풀이에 알맞은 개념어를 쓰시오.

| 기 | 독 | 권 | 오 | 사 | 영 | 동 | 제 | 간 | 이 | 리 | 장 |
| 유 | 금 | 도 | 심 | 익 | 준 | 시 | 점 | 변 | 과 | 배 | 회 |

① (독점 시장) - 대체할 상품도 없고 경쟁자도 없는 시장.

② (영유권) - 땅이나 바다 같은 일정한 영역에 대하여 어떤 국가가 지닌 주권이나 관할권.

③ (기준 금리) - 중앙은행인 한국은행이 물가와 경기 변동에 따라 인위적으로 결정하는 금리.

④ (이익 집단) - 구성원 각자가 자신에게 어떤 이익이 될 것이라는 생각에 자발적으로 모인 집단.

⑤ (배심원 제도) - 법원에서 형량에 대한 판결을 내리거나 검찰이 범죄 유무를 결정할 때 무작위로 뽑은 일반 국민이 참여하게 하는 제도.

6. 설명에 해당하는 개념어를 다음에서 찾아 쓰시오.

본초 자오선, 공정 무역, 공청회, 지속 가능한 발전, 비정부 기구, 사회 계약설

① 국가나 공공 기관이 국민에게 영향을 주는 사업을 시행하기 전에 국민과 학자 등이 모여서 의논하는 회의. - 공청회

② 정부가 주도한 조직이 아니라 민간에서 자생한 시민 단체. - 비정부 기구

③ 지구의 남극과 북극을 연결하는 지표상 가상선 중에서 경도 0도의 기준선. - 본초 자오선

④ 자유롭고 평등한 개인들의 합의나 계약으로 국가가 발생하였다는 학설. - 사회 계약설

⑤ 개발하되 환경과 미래를 생각해서 친환경적으로 하자는 개념. - 지속 가능한 발전

⑥ 선진국과 개발도상국 간의 불공정한 무역으로 인한 빈곤 문제를 해결하려고 개발 도상국의 생산자와 노동자들에게 유리한 조건으로 행해지는 무역. - 공정 무역

1. 아래에 설명된 의미의 개념어를 써 보시오.

의미	개념어
1. 힘을 받은 물체가 속도의 변화 없이 일정하게 이동하는 운동.	등속 운동
2. 정지해 있던 물체는 별다른 일이 없으면 계속 멈춰 있고, 움직이던 물체는 마찰력이나 중력이 방해하지만 않는다면 하던 대로 움직이려 하는 것, 그러한 성질.	관성
3. 서로 다른 물질이 화학적으로 결합해 전혀 새롭게 탄생한 물질.	화합물
4. 물체가 대전되어 전기적 성질을 띠게 되었을 때 그 전기의 양.	전하
5. 같은 장소에 오랫동안 머물러 기온과 습도 등이 지표면과 비슷해진 커다란 공기 덩어리.	기단
6. 두뇌에 저장된 경험 때문에 비슷한 상황에서 대뇌가 관여하는 반응.	조건 반사
7. 온도가 일정할 때 기체의 부피와 압력은 반비례한다는 법칙.	보일의 법칙
8. 어느 한곳에서 생겨난 진동이 자신이 직접 움직이지 않고 매질을 통해 이웃 물질에 차례로 전달되는 것	파동
9. 세포의 핵 속에서 관찰되는 유전 정보를 갖고 있는 물질.	염색체
10. 원자가 서로 전자를 주고받아 이온이 되어 결합하는 것.	이온 결합
11. 지구 내부의 높은 온도 때문에 생겨난 마그마가 굳어서 생긴 암석.	화성암
12. 우리가 사는 대륙들이 원래는 거대한 하나의 초대륙이었는데 조금씩 갈라지고 움직여 지금에 이르렀다는 것.	판구조론
13. 외부에서 가했던 힘이 사라지면 처음 상태로 돌아가려는 성질.	탄성
14. 암수 생식 세포가 결합하지 않고 자손을 만드는 생식 방법.	무성 생식
15. 나뭇가지로 줄을 긋고 그 흔적을 살펴보는 것처럼 조흔판에 줄을 그었을 때 드러나는 광물 특유의 색깔.	조흔색

16. 매개체가 없이 진공 상태에서 열 스스로 이동하는 방식.	복사
17. 운동하는 물체가 발생하는 에너지, 즉 운동 에너지와 위치 에너지.	역학적 에너지
18. 심실을 빠져나간 동맥혈이 온몸을 돌고 다시 심장으로 돌아오는 순환.	체순환
19. 식물 잎의 기공 가장자리를 둘러싸고 구멍을 여닫는 일을 담당하는 세포.	공변세포
20. 콩팥에서 오줌을 생성하는 기능적 단위.	콩팥단위(네프론)

2. 다음 뜻에 알맞은 개념어를 서로 연결하시오.

① 퇴적암　　　　　　　　어떤 물질의 분자가 다른 액체나 기체 속으
　　　　　　　　　　　　로 퍼져 가는 현상.

② 미토콘드리아　　　　　어떤 천체를 바라보았을 때 지구의 공전에
　　　　　　　　　　　　따라 생기는 시차.

③ 연주 시차　　　　　　　오랜 세월 쌓인 물질이 단단하게 굳어 암석
　　　　　　　　　　　　이 된 것.

④ 비열　　　　　　　　　세포 활동에 필요한 에너지를 생산하는 세
　　　　　　　　　　　　포 소기관.

⑤ 확산　　　　　　　　　어떤 물질 1g의 온도를 1℃ 상승시키는 데
　　　　　　　　　　　　필요한 열의 양.

3. 제시된 초성을 참고하여 개념어의 뜻풀이를 완성하시오.

① 뇌하수체 – 간뇌의 바로 아래에 붙어 있으며 우리 몸의 (호르몬) 분
　　비를 총괄하는 기관.

② 크로마토그래피 – 혼합물이 (흡착제)를 이동하는 속도 차를 이용해
　　서 분리하는 방법.

③ 선상지 - 계곡 입구에 하천 퇴적물이 쌓여 만들어진 (부채) 모양의 지형.

④ 이온화 - (전해질)이 물에 녹아 (+) 전하나 (-) 전하를 띠는 것.

4. 개념어의 정의를 생각하며 빈칸에 알맞은 한자의 음과 뜻을 쓰시오.

① 증산 蒸(찔 증) 散(흩을 산) - 수증기가 증발하여 흩어지는 현상.

② 항성 恒(항상 항) 星(별 성) - 천구상에 고정되어 있으며 스스로 빛을 내는 별.

③ 정전기 靜(고요할 정) 電(번개 전) 氣(기운 기) - 마찰로 발생한 전하가 한군데 머물러 있는 전기.

④ 수온 약층 수온 躍(뛸 약) 層(층 층) - 바닷물의 따뜻한 혼합층과 차가운 심해층 사이 깊이에 따라 급격하게 수온이 변하는 구간.

⑤ 접지 接(이을 접) 地(땅 지) - 전기 회로나 전기 기기 따위를 도체로 땅에 연결하여 위험을 방지하는 것.

5. 다음의 글자들을 조합하여 뜻풀이에 알맞은 개념어를 쓰시오.

붕	공	열	분	결	대	동	산	조	수	동	단
유	운	도	류	익	팽	시	점	합	열	창	감

① (공유 결합) - 전기적으로는 중성인 상태에서 서로 전자를 공유함으로써 안정적인 전자 배치를 이루는 결합.

② (대륙붕) - 대륙이나 큰 섬 주변에서 깊이 약 200m까지 경사가 아주 완만한 해저 지형.

③ (감수 분열) - 생식 세포를 만들기 위해 2회 연속된 유사 분열의 결과 염색체 수가 반감하는 핵분열.

④ (조산 운동) - 판과 판 사이의 충돌로 인한 지각 변동으로 산맥을 만드는 운동.

⑤ (단열 팽창) - 외부에서 열이 출입이 없는 채 물체 부피가 팽창하는 현상.

6. 설명에 해당하는 개념어를 다음에서 찾아 쓰시오.

> 바이메탈, 조암 광물, 뉴런, 주기율표, 대류, 여과

① 사구체로 들어온 혈액 일부가 사구체의 높은 압력 때문에 보먼주머니로 빠져나오는 과정. - 여과

② 가열된 공기나 유체가 움직이면서 열이 전달되는 현상. - 대류

③ 암석을 이루는 주된 광물. - 조암 광물

④ 신경 기관을 이루는 기본 세포. - 뉴런

⑤ 열팽창 계수가 크게 차이 나는 긴 금속판 두 개를 맞붙여 하나의 막대 형태로 만든 물체. - 바이메탈

⑥ 원소들을 성질의 규칙성에 따라 알아보기 쉽도록 배열한 표. - 주기율표

1. 아래에 설명된 의미의 개념어를 써 보시오.

의미	개념어
1. 이성계가 요동 지역을 공격하러 갔다가 위화도에서 군사를 되돌려 온 사건.	위화도 회군
2. 신라의 신분 제도.	골품제
3. 고려 무신 정권 이후 지배층으로 '권력을 쥔 가문, 세력을 가진 집안'이라는 뜻.	권문세족
4. 1907년 국민들의 모금으로 나랏빚을 갚기 위하여 전개된 국권 회복 운동.	국채 보상 운동
5. 고려 후기에 새롭게 등장하여 조선을 건국한 정치 세력.	신진 사대부
6. 흥선 대원군이 서양과 화친을 배척한다는 뜻으로 전국 각지에 세운 비석.	척화비
7. 고려 때 개설된 국립 교육 기관.	국자감
8. 고려 1170년 정중부, 이의방 등이 반란을 일으켜 문신들을 척살하고 왕을 몰아낸 사건.	무신 정변
9. 조선 시대 훈구파에 대응하여 향촌 사회의 성리학적 질서와 수신 그리고 왕도 정치를 앞세운 세력.	사림
10. 신라 말기와 고려 초기에 경제력과 군사력이 강했던 지방 세력.	호족
11. 국제 연합(UN)의 위임을 받은 나라가 정치적 혼란이 생길 것이라 예상되는 지역을 대신 통치하는 것.	신탁 통치
12. 바른 것을 지키고 옳지 못한 것을 물리친다는 뜻으로, 구한말 외세의 개항 압력이 거셀 때 이를 반대하는 반외세 운동의 이념적 바탕이 된 이론.	위정척사 사상
13. 삼국 시대 신라가 고구려의 영토인 적성 지역을 점령한 후 세운 비석.	단양적성비
14. 송나라 주희가 세운 유학으로 인간의 마음과 우주의 원리를 탐구하는 학문.	성리학
15. 고려·조선 시대 조상의 공로로 후손이 과거를 보지 않고도 관리에 임용되는 제도.	음서제
16. 조선 후기 지주가 수확량과 관계없이 미리 토지 사용료를 일정하게 정한 방식.	도조법

17. 조선 후기 대두되었으며 백성의 삶에 도움이 되는 실용적 학문.	실학 사상
18. 세계 최고(最古)의 목판 인쇄본으로 751년경에 간행된 불교 경전.	무구 정광 대 다라니경
19. 조선 중후기 의정부를 대신하여 국정 전반을 총괄한 실질적인 최고 관청.	비변사
20. 조선 시대 관직을 수행하는 현직 관리에게 토지 수조권을 지급하는 제도.	직전법

2. 다음 뜻에 알맞은 개념어를 서로 연결하시오.

① 칠정산   고구려 시대의 빈민 구호 제도.

② 노비안검법   고대 국가의 법률.

③ 서원   세종 시대 한양을 기준으로 우리나라 실정

                           에 맞게 만든 최초의 달력.

④ 율령   조선 시대 지방의 유학 교육 기관.

⑤ 진대법   고려 광종 때 실시한 노비 해방법.

3. 제시된 초성을 참고하여 개념어의 뜻풀이를 완성하시오.

① 통신사 – 조선에서 (일본)으로 보낸 국왕의 사절단.

② 별기군 – 고종 18년 창설된 최초의 (신식 부대).

③ 교정도감 – 고려 시대 무신 집권 시기 (최충헌)이 설치한 최고 권력

    기구.

④ 아관파천 – 1896년 고종이 (러시아) 공사관으로 몸을 피한 사건.

4. 개념어의 정의를 생각하며 빈칸에 알맞은 한자의 음과 뜻을 쓰시오.

① 전시과 田(밭 전) 柴(땔감 시) 科(등급 과) - 고려 시대 관리 등급에
따라 전지와 시지를 나눠 주던 제도.

② 신미양요 洋(서양 양) 擾(시끄러울 요)洋擾 - 1871년 미군이 강화도
에 침략해 벌어진 전쟁.

③ 서경 천도 西京 遷((옮길 천) 都(도읍 도) - 고려가 서경으로 도읍,
즉 수도를 옮긴 것.

④ 양전 사업 量(헤아릴 량) 田(밭 전) 事業 - 논밭을 측량하는 것.

⑤ 사화 士(선비 사) 禍(재앙 화) - 사림이 화를 입은 사건.

5. 다음의 글자들을 조합하여 뜻풀이에 알맞은 개념어를 쓰시오.

| 벌 | 귀 | 역 | 행 | 반 | 문 | 족 | 권 | 정 | 벌 | 법 | 균 |
| 정 | 인 | 병 | 성 | 조 | 론 | 세 | 진 | 동 | 신 | 가 | 북 |

① (인조반정) - 1623년 서인 일파가 광해군을 몰아내고 인조를 왕으
로 올린 사건.

② (북벌론) - 명나라와 의리를 지키고 병자호란의 치욕을 갚기 위하여
청나라와 전쟁을 준비해야 한다는 주장.

③ (문벌 귀족) - 고려 건국 때 공을 세워 고려 전기 권력을 쥔 주도 세력.

④ (정동행성) - 원(元)나라가 일본 원정을 목적으로 고려에 설치했던
관청.

⑤ (균역법) - 조선 시대 병역의 의무 대신 거두는 베를 두 필에서 한
필로 줄인 제도.

6. 설명에 해당하는 개념어를 다음에서 찾아 쓰시오.

왕오천축국전, 봉정사 극락전, 진경산수화, 백두산정계비, 앙부일구, 직지심체요절

① 현재 금속 활자로 인쇄된 책 중 세계에서 가장 오래된 책. - 직지심
체요절

② 조선 세종 16년(1434)에 제작된 해시계. - 앙부일구

③ 조선 숙종 때 청나라와 국경에 대한 협상 끝에 "서위압록 동위토문"
이라는 문구를 적어 세운 비석. - 백두산정계비

④ 고려 시대 건축물의 특징인 주심포 양식과 배흘림 양식으로도 유명
한 고려 시대 사찰. - 봉정사 극락전

⑤ 조선 후기에 우리나라 자연을 소재로 그린 산수화. - 진경산수화

⑥ 신라 시대 승려 혜초가 인도를 다녀와 쓴 기행문. - 왕오천축국전

공부가 쉬워지는 청소년 문해력 특강

1판 1쇄 발행 | 2022년 1월 12일
1판 5쇄 발행 | 2024년 2월 2일

지은이 | 김송은

발행인 | 김기중
주간 | 신선영
편집 | 민성원, 백수연, 이상희
일러스트 | 하리
마케팅 | 김신정, 김보미
경영지원 | 홍운선

펴낸곳 | 도서출판 더숲
주소 | 서울시 마포구 동교로 43-1(04018)
전화 | 02-3141-8301
팩스 | 02-3141-8303
이메일 | info@theforestbook.co.kr
페이스북·인스타그램 | @theforestbook
출판신고 | 2009년 3월 30일 제2009-000062호